Alfons Cervera, Vicenta Ferrer, Àfrica Ramírez i José Luis Rodrigo van concedir el I Premi Vila de Paterna de narrativa Vicenta Ferrer, convocat per l'Ajuntament de Paterna, Regidoria de Promoció Lingüística, a aquesta obra.

L'edició d'aquesta obra compta amb la col·laboració de l'Ajuntament de Paterna, Regidoria de Promoció Lingüística.

1a edició: abril 2002
Sant Vicent, núm. 93, 1a • Tel.: (96) 317 20 47 • 46008 València
Disseny portada: Paco Bascuñán
Maquetació: Equip editorial Tàndem edicions
Imprimeix: Graphic 3
I.S.B.N.: 84-8131-282-7
Dipòsit legal: V-1701-2002

MAR DE FONS

Pep Castellano • Dibuixos: Canto Nieto

TÀNDEM
edicions

A la meua família, que m'ha fet retrobar el plaer de mirar la mar.
Simplement.

Prèvia

Aquesta història no pot ser real.

De cap manera!

Ens l'hem inventada la meua filla Alba i jo. Bo, i una altra persona, Canto, que ens ha ajudat amb les escenes més «mogudes».

Així que és pura invenció!

De manera que, si trobeu qualsevol semblança dels personatges, llocs, paisatges o fets, amb la realitat, és una coincidència.

I de les grans!

Nota: Les illes Columbretes són completament reals, aquestes sí! Estan situades a trenta milles nàutiques de Castelló de la Plana (cinquanta-sis quilòmetres terrestres) i formen part del seu terme municipal. Són origen volcànic. De fet, l'illa Grossa encara conserva la forma dels cràters successius de diferents volcans. En l'actualitat, per la seua riquesa ecològica, estan considerades Reserva Natural i Marina, així com Parc Natural i està completament prohibit pescar a les seues aigües, així com desembarcar-hi sense vigilància o control.

1
Quin rotllo d'excursió!

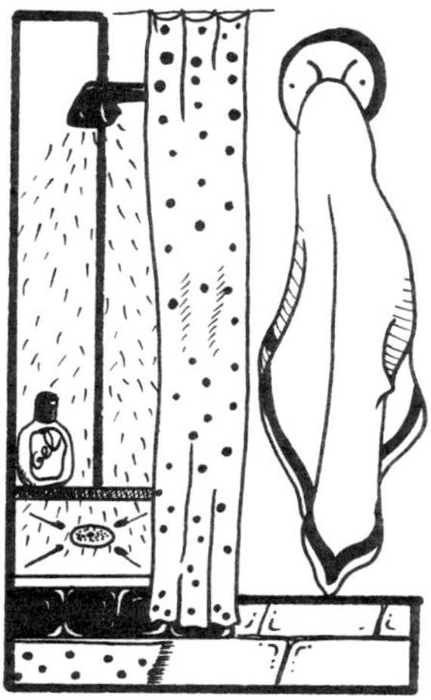

i va sonar el despertador, tenia l'equip de música programat a tres quarts de vuit del matí. Sempre la despertava la mateixa música des de feia uns mesos. *Hurricane* de Bob Dylan. Era la primera cançó d'un disc que havia furtat als seus pares i que li agradava per tal d'iniciar el dia. Li donava ganes d'alçar-se i d'anar-se'n corrents a la dutxa.

Aquesta vegada, però, li va donar molta mandra. Tenien excursió. La tutora, que els donava coneixement del medi i valencià, els havia promés un viatge al port de Vilandra. Veurien les barques i visitarien l'àrea de piscicultura. Era com una granja de llobarros i orades, on els donaven de menjar artificialment i els engreixaven per a la venda als grans hipermercats.

No li apetia gens aquella visita. Marta vivia al Grau de Castellbó i estava molt avesada a veure barques i, a banda... es marejava. Era pujar en una barqueta i marejar-se, per menuda que fóra, o per curt que fóra el viatge, ella es marejava terriblement. Fins i tot quan van fer aquella excursió al riu subterrani de la Vall d'Unió, es va marejar, i això que la visita a penes si durava deu minuts escassos. S'ho va passar molt malament, no va veure res i, en baixar del bot, va traure les tripes en un racó, i després a l'autobús, i a la nit a casa. Excursions!... Quina mala passada!

Mentre s'eixugava es va acabar la cançó. Ara va posar la ràdio. Potser si feia mal oratge canviarien els plans. Però la locutora no la va ajudar massa:

—Bon dia, Castellbó! Fa un dia primaveral. El cel està ras. Per als que vivim ací avui és un dilluns feiner, però els turistes que vénen de fora, fins i tot podran gaudir de les nostres platges aquest Dilluns Sant.

—Home! M'alegre pels turistes! Però a mi em tocarà marejar-me!

Es va vestir i va baixar a la cuina. Sa mare li havia amanit el desdejuni i els xiclets per evitar el mareig. Hi havia una nota:

«Bon dia, Marta!

Com has dormit?

Ací tens el desdejuni. Recorda que avui vas d'excursió. Val més que et prengues un xiclet per al mareig.»

—Com si no me'n recordara!

La nota continuava:

«Jo he anat a treballar prompte. A les cinc passarà ton tio Toni pel col·legi per tu. Ens veurem a la nit.

Un bes molt fort!

PD: No m'ha donat temps a preparar-te l'esmorzar. Agafa't el que vulgues. A la nevera hi ha pa de sandvitx.»

Va desdejunar. Es va preparar la motxilla, només la llibreta i un bolígraf per prendre apunts. I va agafar dues llesques de pa i un poc de formatge per a l'esmorzar.

Les seues companyes estaven d'allò més il·lusionades. Ho entenia. Ella, si no fóra pel mareig, també ho estaria.

Es va ficar dos xiclets a la boca i va pujar amb els altres a l'autobús.

En poc més de mitja hora, ja havien arribat al port de Vilandra. Allí els estaven esperant. Un home molt estirat i flac que portava un bigoti exagerat va saludar la seua professora. Li recordava a un actor que feia de mexicà al parc temàtic, un que anava amb una escopeta amunt i avall ficant-se amb tota la gent i preguntant:

—¡Ándale! Pues, ¿vieron ustedes a Lupita?

El «mexicà» i la professora van estar parlant un momentet i després els van fer callar:

—A veure! Per favor, escolteu un segon! Us vull presentar el senyor Fermí. És el biòleg encarregat de l'àrea de piscicultura que ara visitarem. Ell us farà algunes explicacions prèvies. Vull que en prengueu apunts. A l'examen posaré com a mínim una pregunta d'aquesta visita.

Sempre ho deia, això, però després, la majoria de les vegades no era cert. Com quan van venir els contacontes, que també ho va dir, i després només va posar una pregunta sobre l'obra d'Enric Valor. I això que només en van contar un, de conte de Valor.

De tota manera, tots van traure la llibreta per tal de prendre apunts d'allò que diguera el «mexicà», ui!, el biòleg, vull dir.

—Bon dia! No voldria fer-me avorrit, així que ja podeu guardar les llibretes! Ara repartiré uns fulls, on està explicat tot el que veureu avui. Així us estalviareu d'escriure. A canvi, només us demane que em feu preguntes, i us fixeu en tot allò que dic. Voldria recordar-vos, però, que està totalment prohibit fer fotos durant tota la visita.

—Quina ximpleria! —va pensar Marta, tot i que no va dir res—. No deixen fer fotos, ni que fóra el rei de les exclusives!

—Primer visitarem el laboratori.

El biòleg va assenyalar unes naus que hi havia just darrere del grup d'estudiants, i li va pegar un crit a un home vell que estava tafanejant a una barca de la vora:

—Josep! Porta les claus, que anem al magatzem!

Aquest tal Josep va alçar la cara. Portava un puret tort i apagat a la boca i parlava com rosegant-lo:

—Faig! Ja faig! Carai! Estafa fosant a funt l'enfarcació!

Portava una granota de treball blau fosc, lluent pel greix del motor de la barca i les escates de peix que portava incrustades de tants anys de no rentar-la.

Coixejava un poc i feia pudor de peix podrit. En passar per on es trobava el grup es va encendre el caliquenyo i aquella pudor de peix i el fum del puret van fer córrer Marta darrere d'uns dipòsits. Va vomitar tot el desdejuni. La profe li va demanar al senyor Fermí per uns lavabos i la va acompanyar. Marta es va rentar la cara i es va tirar aigua freda al clatell, fins que es va trobar millor. Aleshores va encetar un altre xiclet i va respirar lentament la brisa de la mar. Finalment la professora la va acompanyar al laboratori. Encara sort que el senyor Fermí els ho havia donat tot per escrit.

Efectivament, el biòleg ja havia acabat la seua explicació i ara estaven tafanejant entre les provetes i els tubs d'assaig.

Com a laboratori, havien habilitat una zona amb mampares d'alumini i vidre dintre d'un gran magatzem de pinsos. Hi havia sacs amuntegats per tot arreu i, totes les parets s'havien embegut d'aquella olor profunda del pinso que impregnava tota la drassana, fins i tot allí dins on es trobaven.

El biòleg els havia explicat que allí feien proves amb diferents tipus de pinso i les reaccions de creixement que produïa en els animals que criaven. Principalment llobarros i orades.

A les prestatgeries tenien pots de formol amb diferents animals marins. Una medusa, un polp, una sépia, un calamar i d'altres dels quals Marta no va poder esbrinar de què es tractava.

A una vora hi havia una peixera, amb les parets molt brutes. Dintre s'endevinaven una orada i un llobarro nedant entre la verdor fosca de l'aigua.

No va poder veure res més perquè ja estaven eixint per pujar a la barca que els portaria fins a la «granja».

El viatge va ser curt. Les xarxes que feien de gàbies per als peixos no estaven lluny del port. Mentre la barca va anar fent camí, la brisa de la mar ajudava molt la nostra amiga a no marejar-se, però en arribar a l'indret semblava un gronxador, i ella ho passava molt malament. El senyor Fermí encara va aprofitar per explicar-los com els donaven de menjar, mentre Josep i el seu cigar pestilent anaven tirant palades d'aquell pinso a la mar.

Un núvol de peixos pujava espaventat cap on havia anat a parar la palada i produïa una remor forta a l'aigua que a penes si durava, perquè s'ho acabaven tot de seguida.

—Sembla que tenen fam!

Marta ho va dir perquè va pensar que si conversava amb Josep, oblidaria el mareig.

—Ja ho frec!

Seguia parlant amb el puro a la boca. Marta a penes l'entenia.

—Aqueftos sempfre fan el fateix número! Però ara veuràs aquells d'allà.

Va agarrar una palada d'un altre pinso diferent i el va tirar en una altra gàbia. No es va produir cap rebombori. De sobte Marta va veure com, tranquil·lament i parsimoniosa, va acostar-se un llobarro molt gran i es va posar a menjar. Després va venir una orada, el llobarro va estarrufar la cresta i aquesta va girar cua.

—És el rei! Fins que ell no ha acabat de menjar, no s'acosta cap peix d'aquesta gàbia!

Era veritat. Semblava un rei, la seua aleta dorsal semblava una corona, i la cua, la capa reial. Quan el llobarro va estar fart, se'n va anar nedant, amb la mateixa parsimònia amb què havia vingut. Aleshores, Josep va tirar unes quantes palades més d'aquell pinso. Ara van acudir dues orades i dos llobarros més, tots ells molt grossos, i es van posar a menjar amb gana.

—Com és que els donen un altre pinso a aquests?

—A mi no em preguntes! Això pregunta-ho al Fermí, el senyor del bigoti.

Per fi s'havia tret el puret de la boca per parlar. Si semblava que tenia una veu agradable i tot! Marta no s'ho va repensar i va alçar la mà.

—Sí, Marta? —va dir la professora en veure que volia fer una pregunta.

—Jo volia preguntar per què s'alimenta amb un altre pinso aquests peixos tan grossos.

—Estan a règim! —va contestar el «mexicà», i ell mateix va riure la seua gràcia. Tots van esclafir en una rialla. Però a Marta no la va convèncer en absolut aquella resposta. Era clar que no tenien ganes de donar-li més explicacions, així que hi va insistir.

—No, de veritat. Volia saber per què els donen un altre pinso, i quina n'és la composició.

—Crec que per al curs que esteu, voleu saber massa coses. No voldria avorrir-vos. Simplement us diré que és un pinso més ric en proteïnes.

—Per aquest motiu són animals més grossos que els de les altres gàbies?

—Efectivament! Ets molt observadora, xiqueta! Estem fent un estudi per engreixar-los més ràpidament, avaluant-ne els resultats amb diferents tipus de pinsos.

El biòleg no feia molt bona cara mentre contestava a Marta. Era clar que aquelles preguntes l'havien importunat. A la profe, però, li va agradar molt que fera preguntes; això ho valorava molt positivament, així que, amb un poc de sort, ja tenia el parcial de coneixement del medi aprovat. De tant en tant valia la pena marejar-se un poc.

2

Una pesquera mogudeta

Són les quatre de la matinada del Dijous Sant, una barca de pesca està feinejant a aigües prohibides de la Reserva Natural de les illes Columbretes. Estan recuperant les xarxes. Han fet una bona captura.

—Trencareu les xarxes! Carai, no forceu tant les corrioles!

—En tots els anys que porte pescant, mai no havia pujat les xarxes tan pesades com ara!

—Va, a poc a poc! Tornem-hi!

Feia dues hores que intentaven pujar les xarxes a bord. Quan s'havien posat a cobrar-les s'havien adonat que anaven tan plenes que el motor patia per tal de pujar-les. Era com si els peixos pogueren nadar, tots alhora, en direcció contrària a la força que exercia el motor. Però això era del tot impossible. Per tant, la captura havia de ser superior a la imaginada.

El patró de la Carme Mar ja ho havia fet altres vegades, això de colar-se a les aigües prohibides de les illes Columbretes. Així, de tant en tant s'assegurava bones captures i podia pagar sense problemes a la tripulació. A canvi, aquests li garantien el silenci més absolut. Feia tres matinades que tornaven de buit a la llotja i aquella nit estaven disposats a tot per tal de pescar alguna cosa.

La veritat és que se la jugaven. Les Illes Columbretes havien estat declarades reserva natural i estava totalment prohibit feinejar en aquelles aigües. Per fortuna, aquella nit no havien vist cap guarda per la zona i això els havia permés tirar les xarxes una estona. El sonar els havia indicat unes taques fosques que, segur, havien de ser bancs de peixos. Si tot haguera anat bé, en una hora tindrien la barca plena i estarien fora de les aigües protegides i fora, també, de la possibilitat de multa.

Però la cosa no va ser tan senzilla, i no podien recuperar-les de cap manera.

—Vinga, va, tornem-ho a provar!

—Ara, ara pugen!

—A poc a poc, a poc a poc!

Ara semblava que sí que estaven recuperant xarxa. Mentre el cabrestant, aquella mena de corriola gegant, recuperava la part de la xarxa que estava buida, dos mariners, Rashid i el Martínes, l'anaven arranjant bé per tal que no s'embolicara.

—Carai, Martínes! Mira per la faena, que ho he de fer tot jo!

—Tu calla i treballa, que l'avi pensa!

—Sí, pensa, pensa! Però cobrar, voldràs cobrar com jo!

—Home, ja ho crec! Avui cobrem! I pense rebentar la taverna del Sebastià!

Era una taverna que estava al costat de la llotja i que

era freqüentada, principalment, per mariners. Feia rebentats de conyac amb café de poca qualitat, però tenia la millor absenta i les millors barreges de tot el Grau. I sempre tenia obert, a l'eixida i a l'arribada de les barques. Alguns mariners com el Martínes, tenien l'hàbit d'iniciar i acabar la jornada amb algunes copetes, això els feia més suportable la duresa de la faena. De tota manera, el Martínes n'era el campió. Estava desdentat des de feia molts anys i tenia tantes arrugues que costava de trobar-li els ulls entre els plecs de la cara. De jove li havien xafat el nas en una baralla i li l'havien deixat tort i xato. I així li havia quedat també el malnom. Tots el coneixien com el Xato.

I això pensava fer el Xato quan cobrara, anar-se'n de cap a la taverna i posar-se cec d'absenta per celebrar-ho.

—Ja arriba! Ja arriba!

Sembla que ara era més fàcil arrossegar la càrrega, però, per a complicar les coses, es va posar a ploure i a tronar. Martínes va soltar l'amarra i se'n va anar a posar-se l'impermeable.

—Ei, Xato! Vine ací, que perdrem la pesca!

—Sí, home, què vols, que em banye?

El Martínes venia posant-se aquell impermeable entre groc i negre i en portava un altre per a Rashid. La pluja era cada vegada més intensa, així que li'l va acceptar donant-li les gràcies. Mentre se'l posava, Martínes es va fer càrrec de la situació i va seguir cobrant, per ajudar el cabrestant a pujar les xarxes, sense perdre-les de vista. Ara un raig les va il·luminar només per un instant, però el Xato en va tenir prou per veure'n el contingut.

En lloc de continuar cobrant, va soltar la xarxa i se'n va anar corrents al pont.

—On carall vas, Xato?

—Calla, moro! I no perdes les xarxes!

El Xato sempre li deia moro i Rashid ja s'ho prenia com un malnom més. Era prou corrent entre els mariners.

—Eiiii! Torna cap a ací! Vine a ajudar-me!

Ara Rashid es va girar cap al mar i va veure el contingut de la xarxa.

—Me case en la mar! Quina passada!

Era normal que el motor del cabrestant no poguera pujar-los. Eren tres llobarros que hagueren pogut arrossegar l'embarcació si hagueren estirat tots tres a la vegada. Tindrien dificultats per tal de pujar-los a bord. Ni amb el motor. Els haurien de trossejar al mar i pujar-los a peces.

—Va, Xato! Vine i ajuda'm! No ho veus, que no puc?

Ara venia el patró, cames ajudeu-me, per veure el que no es podia creure. Martínes a penes el podia seguir.

—Òndia!

—Ho veu com no estic begut, patró?

—D'on ha eixit, això?

—Què, moro, al Marroc no els teniu, aquests animalets, eh?

Però Rashid encara tenia la boca oberta pel que havia vist. S'havia quedat aferrat a la corda sense reaccionar.

—No havia vist mai una cosa semblant.

—D'aquesta ens fem rics, patró!

—Rics, racs, rucs, Xato! —Va dir el patró—. Jo els tornaria. Ens faran moltes preguntes i, si s'assabenten d'on hem estat pescant, ja hem acabat!

—Sí, home, i la nostra paga?

—Tranquil, Xato! Cobraràs!

—Però, patró!

—Vinga, amolleu les xarxes! Deixeu-los anar i anem-nos-en d'ací.

Van soltar la captura de mala gana, i els peixos van desaparéixer en la foscor de la mar entre la cortina de pluja que, a poc a poc, anava amainant. El patró els va fer prometre silenci absolut.

—Demà us pagaré, però muts i a la gàbia!

—Xe, patró! Per a una vegada que...

—Xxxxt! Calla o pararem tots a la presó!

3
Un matí de pesca amb l'àvia Conxa

ra una bona manera de començar les vacances de Pasqua. Ahir de vesprada la seua àvia, Conxa, l'havia telefonat. Deia que li havien passat sardina i que pensava passar-se tot el matí del dijous a l'escullera nova pescant. A Marta li va faltar temps per dir-li que sí. Havien quedat que passaria a les set de matí a per ella, i que havia d'estar desdejunada; ara que, de l'esmorzar, no s'havia de preocupar.

Sa mare li havia dit que ho preparara tot la nit anterior, que ella no pensava matinar tant, i que no se li acudira despertar-la per preguntar-li on està la gorra roja, o no trobe els texans, o on m'has posat qualsevol cosa. Era Dijous Sant, li havien donat festa i volia dormir fins a molt tard. Ja matinaria dissabte, que li havia tocat guàrdia.

Marta estava acabant-se la llet i va sentir el cotxe de Conxa, la seua àvia, fora. Va eixir de casa per evitar que trucara al timbre i la va fer passar.

—Vols un got de llet?

—No, gràcies! Jo ja he desdejunat.

—Xxxxt! No parles tan fort, que la mare està dormint!

—Ah! Perdona! —Conxa va baixar la veu—. Però, au! Anem!

—Acabe de seguida.

—Ja ho tens tot preparat? Ja saps que no m'agrada arribar tard!

A Conxa li venia l'afició del seu marit. L'acompanyava per no quedar-se sola a casa, però quan el Manel va morir, va penjar les canyes i no va voler saber-se'n res del mar. Un matí van venir a buscar-la la Junta Directiva de la societat de pescadors de què era soci el seu marit. Volien fer un concurs i que ella hi participara. Hi va anar, va guanyar i... es va enganxar al «verí» de la pesca.

Ara no hi faltava cap setmana i era la primera en apuntar-se a tots els concursos. Si, en un principi, acompanyava el seu marit per no quedar-se sola, ara trobava en la pesca la solitud que l'apropava al seu record. Era l'única sòcia de la Recreativa, l'associació de pescadors. En un principi a la gent li xocava un poc allò que una dona vinguera sola a pescar; hi venien algunes, però era a acompanyar els seus marits. Ara, però, estava d'allò més acceptada; de fet, a l'última Junta Directiva, havia estat la tresorera i la gent va quedar tant contenta que li van demanar que repetira en la Junta quatre anys més, però ella no va voler.

* * *

Marta es va acabar la llet d'un glop. Estava llesta, així que ho van carregar tot i se'n van anar al port.

Per a passar a la nova escullera calia ensenyar el carnet de l'acotat de pesca. Conxa, però, n'era sòcia des de feia molts anys i els guardes sempre la deixaven passar sense més.

—Bon dia, Conxa! Què, a provar sort?

—Anem a veure si entra algun sorell! Ara, que si pica alguna vidriada, tampoc no ens sabrà malament.

—Ve molt ben acompanyada avui!

Marta es va posar un poc roja i va saludar el guarda.

—Hola, bon dia!

—Caram! Entre les dues no hi haurà qui us pare!

Van passar a dins. A l'escullera ja hi havia algun pescador. Conxa tenia predilecció per un lloc a la vora d'un vaixell mig abandonat. Sempre es col·locava allí si no s'hi avançaven els altres. Per això li agradava matinar.

Van saludar els pocs que estaven pescant, van muntar les cadires, amb les canyes i els aparells. Després, Conxa es va posar a partir les sardines per a l'esquer. Amb les tisores, els treia el cap, que tirava al mar per a avesar els peixos a menjar en aquell indret. Després les obria transversalment com una anxova i en feia trossets llestos per a col·locar a l'ham.

Quan es van posar a pescar, començava a clarejar el dia.

Mentre anava pujant el sol, van anar arribant altres pescadors. Tots preguntaven el mateix.

—Què? Com va?

Però la veritat és que tots sabien la resposta. Feia dies que ningú no en treia res. La setmana passada encara picava algun sorell, alguna burra i, de tant en tant, llobarros de mig quilo. Però des del dilluns tot el món comentava que ni un peix. Van aguantar fins a les nou i mitja i ni picada. Així que van deixar les canyes a les cadires, perquè «pescaren» soles, i es van posar a esmorzar.

Conxa havia portat cocs saladets, bacallà, sardines de bóta i tomàquets sencers. Un esmorzar deliciós, però massa salat!, pensava ara. Es passarien el matí bevent.

En poca estona es van ajuntar altres pescadors a la «celebració».

Van compartir l'esmorzar, les olives i el vi de la bóta. Un havia portat un termos amb café, van aparéixer gots i tasses per tot arreu. Allò era increïble! Pescar, no pescaven, però els esmorzars no els perdonaven.

—Bon café, Manolo!

—Gràcies! Si voleu «tocar-lo» un poquet, també porte conyac!

—No, gràcies, ja saps que no m'agrada l'alcohol i, a més, no encertaria els hams per a esquerar!

—Tranquil·la, Conxa, que no hauràs de canviar l'esquer moltes vegades!

—Com és això?

—Des del dilluns, i jo vinc tots els dies, no he vist traure ni un peix!

—Si fins i tot les barques vénen mig buides. Com vols que pesquem res, nosaltres?

—Malament, tu! La cosa està malament!

Marta quasi s'alegrava del fet que no pescaren. A ella li agradava venir amb la seua àvia, però sempre que pescava algun peix el tornava a la mar. Li agradava la lluita que es produïa entre ella i l'animal estirant del fil, però finalment, si era ella la que guanyava, deixava lliure el peix. De fet, en moltes ocasions convencia Conxa i els seus companys perquè feren el mateix.

La cosa és que, pel que es veu, aquell matí no li caldria convèncer ningú, donat que no pescaven res.

De sobte, però, el rodet de la canya de Conxa va començar a xiular. L'havia deixat obert per si picava alguna cosa i ara rodava a tota velocitat. Va tirar el got del café i va córrer cap a la seua cadira. Mentre agafava la canya anava tancant el rodet, fins que va passar a tenir el control de la captura. Va estar recuperant i deixant anar fil molta estona, mirant que l'animal que havia mossegat l'esquer es cansara.

—És un llobarro!

—Com ho pots saber?

—Ho sé! És un llobarro! N'he pescat molts i sé com estiren. Però, per la força que fa, ha de ser grandíssim!

Dissortadament no van poder saber de quin animal es tractava. Després d'estar més de mitja hora estirant, treballant-se la picada, la línia es va tallar i el peix va fugir.

—Clar! L'has forçat massa!

Ara els altres pescadors, que havien estat de badocs, es permetien el luxe d'opinar i criticar Conxa.

—Que l'he forçat?

—Jo diria que si haguera obert un poc més el rodet...

—Mira, xaval, quan tu anaves amb bolquers, jo ja estava farta de pescar. Si no saps, no parles!

—Va, Conxa! No et poses així amb el xic, dona!

—Tens raó, Manolo! Ei, xaval, perdona! Però, me case en dena! El tenia! Ho heu vist? El tenia! El tenia i...

Ja no van voler seguir pescant. Van acabar d'esmorzar i després van replegar les canyes, les cadires i tot el muntatge i van tornar cap a casa. Conxa, molt decebuda, i Marta, trista per la seua àvia. Ningú com ella sabia la il·lusió que li haguera fet a Conxa traure aquell llobarro.

—Ho sent molt, àvia!

—Va! tranquil·la, Marta. Ja el trauré!

—Això, segur! —li va dir Marta amb molt d'afecte—. Si l'ha de pescar algú, seràs tu!

—Vine ací, fes-me un bes, *templà*! Escolta! Aquesta vesprada podries vindre a casa i pastaríem les mones de Pasqua. Ahir vaig fer confitura de moniato i vaig comprar fruita confitada i anisets de colors.

—Val! Jo portaré els ous que he pintat amb la mare.

—Faré xocolate i berenarem!

—Guai!

—Ja veuràs com les mones no ens fugen!

4
La mona de Pasqua

Marta i Conxa estaven fent les mones de Pasqua i berenant i no es van adonar, aquella vesprada, del rebombori que es va organitzar al Grau.

Es van estranyar, això sí, que ja havien tocat les sis i no havia passat el Tomàs. Normalment, sobre aqueixa hora passava per davant de casa Conxa. Era pescador. Després de deixar la pesca a la llotja, habitualment, tornava cap a casa. Sempre portava un poalet xicotet amb una miqueta de peix que s'havia triat per al sopar i, si ho valia, li'n donava uns quants a Conxa. Feien una xerradeta, el convidava a café i després, el Tomàs, continuava camí cap a sa casa.

—És estrany que no haja passat!

—Potser com que sabia que estaves ocupada, ha decidit passar de llarg!

—Què dius?

—Va. Àvia, què no veus que Tomàs vol festejar amb tu? Si estic jo, és normal que no vulga passar!

—Serà possible!? Mocosa! Vine cap a ací, que ja t'apanyaré jo a tu!

Però Tomàs, aquella vesprada, no hi passava perquè s'havia quedat a la llotja. De fet, tots els pescadors del Grau s'havien quedat a la llotja. I, com que no acudien a casa, totes les famílies dels pescadors hi havien anat per tal de veure què passava. Tots els del Grau es van concentrar a la llotja aquella vesprada. Tots, tret de Conxa i Marta, que no se n'havien assabentat i seguien pastant les mones. Però la resta de persones del Grau van deixar per a un altre dia les mones. Valia més la pena quedar-se al port. La subhasta havia de ser d'allò més interessant.

La Carme Lluna, una de les barques amb més solera de tot el Grau, havia tornat a port amb una captura especial. Havien pescat una orada molt més gran del que era comú. A la bàscula havia fet trenta quilos trescents grams. No cabia en cap caixa, de manera que la van portar sobre la coberta i la van descarregar entre quatre homes. L'animal esvarava, i no era fàcil de controlar. Van caure més de dues vegades en l'intent de traure el peixot de la barca, entre les rialles del públic que s'havia congregat per veure l'espectacle.

—Xe, Ramon! Fes el favor d'agafar-la bé!

—Sí, home! Ara serà culpa meua!

—Va!, una, dues i tres! Ara!

Per fi, quan l'orada va caure al damunt de l'escullera, el públic va aplaudir i els pescadors van saludar, com si foren actors professionals.

Però el vertader espectacle va ser a la subhasta. Com sempre, es van fer lots per a la venda i es va distribuir el peix en caixes, per a passar per la màquina.

Feia uns anys que havien informatitzat el sistema de

subhastar el peix. S'havia perdut l'encant que tenia sentir el subhastador, comptant a tota velocitat i a l'inrevés. No l'entenia ningú, tret dels compradors que li manaven parar i aleshores ell cridava fort i clar el preu, perquè se n'assabentara tothom.

—Caixa de lluç. Venuda per mil dos-cents duros a la pescateria Mari, de Castellbó.

Ara la cosa havia canviat. Cada comprador tenia a la mà un comandament a distància, un aparell electrònic com els dels concursos de la televisió; i el preu, de llumenetes roges, anava baixant en una pantalla d'ordinador. El primer que feia clic amb el comandament s'emportava el lot. Aleshores, apareixia imprés a la pantalla el preu i el nom del comprador i, automàticament, la màquina imprimia una tarja amb totes les dades i la factura, que es dipositava sobre la caixa de peix. D'aquesta manera, la subhasta era molt més àgil i neta. Però molt menys romàntica.

Aquella vesprada van utilitzar el sistema electrònic normal, però l'orada la van voler subhastar segons la fórmula tradicional.

S'havia generat molta expectació. Havien vingut els periodistes locals i algú havia avisat les televisions. L'espectacle estava servit.

La televisió local retransmetia en directe tot l'afer. Però Conxa no la posava mai, aqueixa cadena. Feien un programa totes les vesprades des del Club Nàutic i tenien tota la infraestructura. Així que els va ser fàcil improvisar la retransmissió. Era una televisió amb audiència. Tret de Conxa, aquesta emissora la veia tota la comarca. Així que el públic va augmentar encara més.

Ara en venien de Castellbó i d'Almassafa, i d'altres de Vilamar. Tots volien veure en directe aquell peix i, de pas, si podia ser, eixir per la tele.

La televisió autonòmica estava agafant imatges per a l'informatiu de la nit. Eren ells els qui havien demanat, expressament, a la confraria de pescadors que feren la subhasta a la manera tradicional, que quedaria molt bé, que la gent tenia ganes de veure com es feien les coses abans i que això donaria molta publicitat, i que era bo per al turisme... I la confraria va ser fàcil de convèncer.

Així és que, quan el càmera de Canal 9 va estar llest, va donar l'ordre que començara l'espectacle. Ara era ell qui controlava tota la situació. Coses dels *mass media.*

Jaume, que era el subhastador de la llotja, i a qui l'estilista de la televisió li havia posat una gorra de mariner del mar del Nord, que ell trobava ridícula, va eixir a escena tot cridant:

—Ah, no! Això sí que no!

—A veure, què passa ara? —va dir el càmera.

—Passa, passa que no em vol fer cas! I jo només vull fer el meu treball.

Va aparéixer a escena una xicota jove, just a sota d'un pentinat multicolor.

—Quin és el problema, Candi?

—El problema... un detallet d'utillatge. Aquesta pipa. Li donaria realisme a l'escena. No se la vol posar a la boca abans de subhastar.

—La pipa, no! Jo no em pose la pipa. Semble Popeye el Mariner! Què vol, que faça riure o què? I mire... la gorra tampoc!

Jaume ho va dir mentre tirava la gorra al públic, com fan els toreros.

La gent el va aplaudir amb una gran ovació i la Candi es va retirar de l'escena prou enfurismada. Els teleespectadors de la televisió local de Castellbó ho estaven veient en directe, això si és que encara quedava algú a casa.

—Vinga! Silenci! Rodarem ara la subhasta de l'orada. Senyors, vull realisme!

El càmera els parlava als possibles compradors, que s'havien col·locat estratègicament a primera fila.

Els va pegar per riure. Tot plegat era una situació ridícula i divertida. Però l'orada era de veritat i el preu també ho seria, així és que caldria prendre-s'ho amb certa seriositat.

Jaume va començar la seua faena, estava nerviós, feia més de dos anys que no subhastava a crits i, a banda, la tele imposava. Els que el coneixien li ho van notar en la veu, que li tremolava un poc més del que era habitual. Però va saber estar.

—Ara començarem la subhasta de l'orada que ha pescat la Carme Lluna. Vegem! El preu d'eixida és de quinze mil cinc-cents duros.

I va començar a endarrerir el preu.

—Quatre-cents, quatre-cents vuitanta...

De sobte, un crit el va aturar.

—Ja!

—Ja? —va dir Jaume.

—Ja? —va dir el càmera de la tele.

—Ja? —va dir tot el públic.

—Sí, ja! —va repetir el comprador. Un senyor molt ben vestit, amb un bigoti xicotet i fi a l'estil de les pel·lícules antigues, quasi invisible. S'assemblava al que feia de Padrino en aquella pel·lícula sobre la màfia.

El preu de l'orada haguera pogut ser més baix si haguera esperat un poc més, però, pel que es veu, tenia ganes de comprar.

—Venuda per quinze mil quatre-cents vuitanta duros al restaurant Don Carlos del Grau.

El tal Don Carlos va pagar i va fer venir dos homes i la furgoneta del restaurant. Van recollir el «monstre» abans que el públic tinguera temps de reaccionar.

—Vinga, Abdul, Mahmud, doneu-vos pressa!

Els periodistes els van fer fotos i ells van posar, orgullosos, amb el trofeu que el seu amo acabava de comprar, però Don Carlos els va pegar una puntelló al cul i els va fer carregar el peix a corre-cuita.

—Au! Ja està bé, que no tenim tot el dia!

Tota la premsa va voler entrevistar el comprador, però abans que pogueren parlar amb ell, ja havien desaparegut, ell i els dos treballadors, amb la furgoneta.

—Com que no està?

—Que no està! Ha pagat i ha desaparegut!

—I ha deixat perdre una oportunitat com aquesta per fer publicitat gratuïta del seu restaurant? No ho entenc!

Van anar al restaurant les dues cadenes de televisió, la ràdio i tota la premsa escrita local. Però estava tancat i barrat. Així que van haver de conformar-se amb les imatges i declaracions que ja tenien del comprador, i que eren molt poques, per tal de completar els seus reportatges.

* * *

—Creus que ja estaran cuites?

—Jo crec que sí! Obri el forn a veure!

—Hummm! Quina oloreta més bona! Ens haurem de fer pastisseres!

—A veure? No! Els falta un poquet i avant!

—Posem la tele un momentet, Marta?

—No. Preferisc que m'expliques allò de quan festejaves amb l'avi....

Santa innocència. Aquesta parella no s'havia assabentat de res. Serien les úniques en tot el Grau que estaven amb la mona de Pasqua.

5
Un «passeig» amb la barca de mon tio Toni

No va saber dir-li que no.

Son tio Toni feia setmanes que li venia al darrere:

—Has de vindre amb la barqueta, aquestes vacances de Pasqua hem d'eixir els tres a pescar.

Quan parlava dels tres es referia a ell, a Marta i al seu cosí Xavi.

El Diumenge de Rams, a l'hora de dinar, li va tornar a insistir i, encara el dilluns, quan va vindre per ella al col·legi. Així, tot i el mareig que portava per la visita a l'àrea de piscicultura, no va saber dir-li que no.

Ella s'ho podia passar molt bé, però aquell problema seu feia que no poguera gaudir plenament de la pesquera i del mar. Tot anava bé i, de sobte, perdia l'equilibri, li venia mal de cap i ganes de vomitar i no ho podia controlar. Era horrible.

I ara ja havien eixit. Era Divendres Sant, de matí, molt de matí. De fet, encara no havia eixit el sol, quan ells ja havien deixat enrere el port de Castellbó. En passar l'escullera nova del nord es van adonar que molts altres havien tingut el mateix pensament: passar el primer dia de vacances pescant una estona a la mar.

Toni li va donar el timó a Xavi i va traure el diari que havia comprat al quiosc de Paco per llegir-lo. La portada venia amb una foto molt gran amb l'orada descomunal que havien capturat ahir. La va ensenyar als joves:

—Eiii! Mira que si en capturàrem una com aquesta! Mireu!

A la foto, el peix semblava més gran encara. No cabia dintre de les caixes que utilitzen per a la subhasta. Havien tret un pescador en segon pla sostenint-li la cua per tal que no s'arrossegara per terra en el transport. El titular de la notícia ocupava tota la primera plana al costat de la foto, i al peu: «Rècord històric al Grau». Hi havia una altra foto amb dos joves magribins vestits de cuiners, mirant de sostenir l'animal amb un altre titular: «Els ajudants de cuina Abdulmalik i Mahmud amb l'orada gegantina».

—Sí, orada gegantina! —va dir Marta—. Han fet un rècord històric, perquè vam tenir mala sort, nosaltres!

—Com és això?

—Resulta que la meua àvia, ahir, va tenir una picada que tampoc no es quedava curta. Si no s'haguera tallat la línia, segur que haguera tret un animal tan gros com aqueix.

Ho deia assenyalant el peix de la foto.

—On pescàveu? —es va interessar Xavi.

—A l'escullera nova de cara al port. Va estar estira i afluixa amb ell més de mitja hora, i al final li va fugir.

—El vau arribar a veure?

—No, que va! Però l'àvia deia que, per la manera d'estirar, pareixia un llobarro.

—A veure! A veure si avui tenim sort!

Xavi estava emocionat, pensava que aquell llobarro li havia fugit a Conxa perquè l'havia de pescar ell. Pensava en la foto que es faria al port amb el trofeu i ja es veia al periòdic de l'endemà, amb el titular inclòs: «Jove pescador supera el rècord de l'orada».

Toni va guardar el diari i va acostar-se als aparells de navegació.

—Deixa'm, Xavi, agafaré jo el timó un momentet.

—D'acord!

—Posaré la ràdio i així estarem localitzats!

Després va agafar el micròfon i va comunicar amb la base del Club Nàutic.

—Club Nàutic, Club Nàutic. Ací Fortuna! Em reps? Canvi.

—Fortuna, ací Club Nàutic! Et rep fort i clar. Bon dia, Toni! Canvi.

—Ui, Encarna! No sabia que estaves de guàrdia. Només era dir-te que deixem la ràdio oberta en aquest senyal per si voleu alguna cosa. Tenim previst tornar sobre les dotze del migdia. Canvi.

—Ací Club Nàutic. Rebut. Adéu, Toni! Canvi i fora!

Va penjar el micròfon mentre accelerava la barca. De seguida van deixar una estela blanca darrere. L'augment de soroll els feia parlar a crits.

—És molt bona tia, Encarna. Treballa amb mi a l'oficina. Però els caps de setmana fa guàrdies al Club Nàutic. Li agrada molt la mar i està estalviant per comprar-se un veler de segona mà. Coneixent-la, ho aconseguirà.

Toni es va justificar. Cada vegada que es posava content per Encarna, es justificava. Feia tres anys que havia mort la mare de Xavi, la Blanca. Era germana del pare de Marta i havia mort d'un càncer fulminant. Es va posar malalta de sobte i va tardar tres setmanes a morir. Toni va passar un any molt malament, no es refeia. Ara, però, s'havia fet molt amic de Encarna. Va ser ella qui el va convèncer per comprar la barca i per traure's el carnet de patró d'embarcacions de lleure. Tenien moltes coses en comú: la faena, l'afició per la mar, la solitud... De manera que, de tant en tant, Encarna venia a sopar a casa de Toni, o bé ell i Xavi anaven a dinar a casa d'ella.

Així i tot, Toni sempre es justificava. Que si hem de parlar de l'embarcació, que si s'ha oblidat uns papers de l'oficina, que si... Com si volguera amagar a la seua família que podia tenir sentiments per una altra dona que no fóra la Blanca.

Marta va seure al davant, al costat del timó, amb son tio, perquè el vent li pegara directament a la cara. I ja ho crec, que li pegava. De fet, va perdre la gorra. Així que no van tindre més remei que fer mitja volta per tal que son tio la recuperara amb la gafa.

Una vegada van arribar a les coordinades que li marcava el navegador GPS, Toni va parar el motor.

Ara la barca va començar a moure's de valent i el mareig de Marta creixia, així que es va prendre un altre xiclet. Es van posar a preparar els aparells. Pescarien amb xamberga, és a dir, amb dos hams i un plomet i amb l'esquer a terra. Encara sort que avui utilitzarien calamars en lloc de sardines, almenys no feien tanta pudor. Mentre lligaven els hams i els ploms anaven escoltant la ràdio que Toni havia deixat oberta.

—Sempre s'aprenen coses. Podem saber on hi ha pesquera i on no. Quines barques estan a la nostra zona. Entre ells es parlen, i com que ho fan tots pel mateix canal, sempre ens n'assabentem de tot.

—Però, pare —va dir Xavi—, no em vas dir que aquest canal s'ha de deixar lliure de comunicacions per si cal demanar auxili?

—Sí, però no en fa cas ningú. Tots aprofiten que és obert per establir comunicacions múltiples. Escolteu:

—Carme Lluna a Garbí. Carme Lluna a Garbí. Em còpies? Canvi.

—Fort i clar, Josep! On ets? Canvi.

—A tu t'ho diré! Què vols furtar-me tota la pesca? Canvi.

—Doncs, si tu no m'ho dius, no et contaré què he pescat! Canvi.

—Au, vinga, que no hi ha res! Canvi.

—Ei, parella, us he sentit! Sóc Paco! Garbí, et veig a la meua proa. No sigues mentider, que ací no hi ha ni un peix! Canvi.

De tant en tant se sentia algun patró que demanava mariners per amarrar al Club Nàutic, i alguna conversa entre el pràctic del port i Encarna sobre maniobres que feien els patrons en eixir del port. La majoria de vegades, però, eren amics que havien eixit en diferents barques i que es cridaven per saber com estava la pesquera en els diferents indrets. Una d'aquelles converses, a Marta i al seu cosí, els va intrigar.

—Joan, canvia de freqüència, que t'he de contar una cosa. Canvi.

—Pere, què passa? Canvi.

—No t'ho creuràs! Canvi.

—Digues. Canvi.

—Canvia de freqüència, que no vull dir-ho pel canal obert! Canvi.

—D'acord. Canvie a la nostra. Canvi.

—Val. Canvi i fora.

—Què passa, Toni? —va preguntar Marta.

—Res! Passa molt sovint que, quan algú treu alguna peça especial, vol presumir, però obliga els amics a canviar de freqüència perquè els altres no sapiguem el lloc on ha fet la captura.

Però Xavi tampoc no es va quedar del tot content. Ell havia sentit aqueix tipus de converses moltes vegades anant amb la barca del seu pare, però aquesta vegada li havia semblat diferent. El to de veu del tal Pere no era el de l'alegria d'una captura extraordinària. Més aviat semblava espantat per alguna cosa.

Encara estaven encaparrats amb aquella misteriosa conversa de la ràdio, quan Marta va tenir una picada, o això li va semblar. Però havia enrocat i en recuperar la línia, va perdre tot l'aparell: el plom, els hams i l'esquer. Mentre ella ho tornava a muntar tot, va ser el seu cosí qui va enganxar-se, i després Toni.

Pescaven en un terreny rocós, molt bo per als peixos, però hi havia prou corrent i la barca era arrossegada cap a l'interior del mar. Això feia que els hams també arrossegaren pel fons i acabaren sempre enganxats a les roques. Així que van decidir canviar de lloc.

Toni va replegar la seua canya i va posar el motor en marxa. Però es va parar de seguida. Va mirar de tornarlo a engegar, però va ser del tot impossible.

—S'ha ofegat! Haurem d'esperar una miqueta.

Després d'una estona ho va intentar una altra vegada, però el motor no volia arrancar, esbufegava una miqueta de fum i prou.

—Deuen ser les bugies. Vaig baix a traure-les i les netejaré. Tardaré cinc minuts. Mentre, aneu replegant els aparells i les canyes.

Va baixar al motor per mirar de traure les bugies i netejar-les i els dos joves es van quedar sols a coberta.

—I si no pot arrancar el motor? Ens quedarem a la deriva?

Marta estava preocupada. El mareig se li havia passat completament. Ara la preocupaven massa les altres coses.

—No, dona, no! Per a què et penses que tenim la ràdio? Si tenim cap problema, truquem al Club, i vénen a remolcar-nos fins al port.

—Ah! Encara sort! Ara que dius de la ràdio, te'n recordes d'aquells que han canviat de freqüència? Què hauria vist per a parlar així? Eh? Xavi!?

Però Xavi s'havia quedat amb la boca oberta mirant a l'estribord i ni l'escoltava.

—Xavi! Que t'estic parlant! Què mires?

Marta va mirar cap a l'estribord també i va veure una ombra gegantina que venia a tota velocitat cap a ells. Faria uns cinc metres de llarg, semblava més gran que la barca de son tio. Aquella ombra va topar amb el casc i tota la barca va trontollar.

—Ei! Esteu-vos quiets a coberta! Així no hi ha qui faça de mecànic!

Toni pensava que el moviment de la barca el produïen els joves que corrien i s'empaitaven, com altres vegades.

Aquella ombra, després de topar contra la barca, es va quedar a sota. Ara van començar a moure's posant popa a la costa. Primer lentament, però a poc a poc anava agafant velocitat. Aquella cosa gegantina governava l'embarcació. Sempre a tota velocitat, amb la proa a l'est, rumb a les illes Columbretes. Quan quasi estaven a punt de perdre de vista la costa, l'ombra que els havia arrossegat els va deixar, i s'enfonsà al mar, fins que la van perdre de vista.

—Una arma nova! Tio, segur que és un tipus de torpede que estan provant els de l'OTAN.

—I una mel! L'exèrcit fa molt de temps que no fa maniobres per aquestes aigües.

Era cert, el pare de Marta li ho havia dit moltes vegades, que els americans havien estat utilitzant durant anys les illes Columbretes com a camp de tir per a míssils i torpedes. Les havien deixat ben foradades! Però d'això feia ja molts anys. Ara, era del tot impossible que allò fóra cap arma. A més, Marta estava gairebé segura que es tractava d'un animal. D'un peix!

No sabien de què es tractava, però era molt gros i fort. Van pensar en una balena, però no era habitual. Van recordar la pel·lícula Tauró, però al Mediterrani no hi ha exemplars de tauró d'aquestes característiques i no estaven al bell mig de Hollywood, tot i que ho semblava.

* * *

Quan Toni va eixir del motor devien estar blancs com un pany, perquè els ho va notar.

—Esteu marejats o què? Va, vinga, que crec que ja ho he arreglat!

Els joves no van contestar. Toni va posar en marxa el motor. Tampoc no va arrancar a la primera, però quan ho va tornar a provar, va tossir dues o tres vegades una miqueta de fum i, de seguida, va començar a escopir un bon broll d'aigua per la popa. Indicava que el motor funcionava i que es refrigerava perfectament.

Va ser aleshores quan va alçar la vista i va veure la costa molt lluny. Va mirar el GPS, i va comprovar que havien canviat substancialment la posició des que ell va baixar a netejar les bugies.

—Carai! Sí que hi havia corrent!

—Eh?

—Que hi havia molt de corrent! Ens ha arrossegat més d'una milla mentre arreglava el motor!

—Ah?

—Era ben normal que enrocàrem d'aquella manera!

—Eh?

—Ah?

Els joves només li podien contestar amb aquells monosíl·labs que a Toni no el tranquil·litzaven gens. S'havien quedat muts i ell només tenia la preocupació d'arribar al port i que el motor no tornara a parar-se. Així que va ficar proa a la costa de seguida.

—Més valdrà que tornem!

—Sí, més val!

—Sí, tio! Jo t'ho agraïsc, estic molt marejada i sóc incapaç de seguir pescant!

El que Marta volia era tornar el més aviat possible per parlar amb el seu cosí.

—Sí, sí! —va tornar Xavi—. Jo tampoc no estic molt bé.

—Ja veig que esteu un poc blancs. Tranquils, que ja tornem!

Toni va comunicar al Club Nàutic que tornaven.

—Ací Fortuna. Club Nàutic, em reps? Canvi.

—Hola, Toni! Canvi.

—Hola, Encarna! Tornem al port! Canvi.

—Sí que veniu prompte! Algun problema? Canvi.

—Les bugies! I a més la meua neboda es troba malament. Canvi.

—Pobreta! Sempre que la portes a la mar li passa el mateix. Canvi.

—Què li farem! De tota manera, avui fins i tot el meu fill s'ha marejat! Canvi.

—Si hi ha una mar boníssima! És ben estrany! En fi, que es milloren. Canvi i fora!

—Fins ara, Encarna.

Només amarrar, Toni va anar-se'n a les oficines del Club Nàutic a deixar les claus de la barca. Caldria que els mecànics li feren una bona revisió abans de fer-se a la mar una altra vegada. Mentre, els joves es van quedar arranjant les canyes i els estris de pesca a bord. Per fi podien parlar-ne amb tranquil·litat.

—Què en penses, Marta?

—Que són massa coincidències!

—Què vols dir?

—El llobarro del port, el que li va fugir a la meua àvia, l'orada que van pesar ahir a la llotja, l'ombra que ens ha arrossegat avui... i aqueixos de la ràdio, que volien portar la conversa en secret.

—Creus que la conversa que hem sentit per la ràdio...?

—N'estic convençuda! El tal Pere ha vist el mateix que ens ha arrossegat a nosaltres!

—I les barques? O a penes trauen peix, o fan captures tan estranyes com la d'ahir. Ací hi ha alguna cosa que no rutlla!

—Tens raó! Ací hi ha mar de fons! I crec que sé d'on traure més informació!

—D'on?

—Aquesta vesprada, després de dinar, vindrem al port. Si parem bé les orelles, potser ens assabentem d'alguna cosa més.

6
La taverna de Sebastià

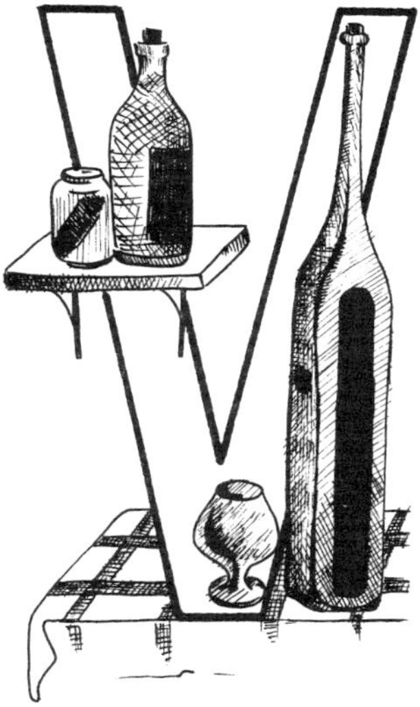

Va sonar el telèfon i Marta el va agafar al primer toc. Estava esperant aquella telefonada.

—És per a mi!

Encara no havien acabat de dinar. Raquel, la mare de Marta, estava acostumada que cridaren per telèfon quan estaven entaulades les dues.

La majoria de vegades eren amigues i amics de la seua filla, o el seu nebot Xavi. Però d'altres era el seu marit. Marc.

Era tècnic de la refineria petrolífera i li havien concedit una beca als Estats Units per especialitzar-se en la fabricació d'unes gasolines noves sense plom i amb més octans, que l'empresa volia llançar. Ja portava un mes fora de casa, i encara s'havia de passar tres mesos més; fins a l'estiu no es veurien. Així que molts dies telefonava a l'hora de dinar i d'altres ho feia per la nit. Com que les trucades eren quotidianes, en parar taula ja havien establert la norma de posar, a banda de tots els estris típics per a menjar, el comandament de la tele i el telèfon sense cables, com si foren dos coberts més, al costat del plat de Marta.

—Sí?... Sí, ja estem acabant! Val, Xavi! Ara hi vaig!

Va penjar el telèfon i es va alçar corrents de la taula.

—On vas? Si encara no hem acabat!

—Ja! Però he quedat amb Xavi per anar al port! Volem veure les barques i com descarreguen el peix per a la subhasta.

—Doncs primer acaba de dinar i després aneu al port. No descarreguen fins a les cinc. Teniu temps de sobra.

—Ja! però és que volem veure una cosa i...

Marta, mentre parlava, ja pujava escales amunt per a canviar-se les espardenyes.

—Menja almenys alguna cosa de postres.

—Val, m'agafe una poma. Ah! Mare, agafe la bici, val?... Adéu!

Havien quedat amb les bicicletes perquè els permetrien més moviment si havien d'anar d'un lloc a l'altre pel port. Xavi ja l'estava esperant a la cantonada de sa casa.

—Vinga, Marta! Tu diràs. On anem primer de tot?

—Evidentment, a la taverna de Sebastià! Hem de veure què conten els pescadors de la captura d'ahir.

Tot i que la majoria de les barques de la vesprada encara no havien entrat al port, la taverna ja estava plena de pescadors, fent la partida els uns, parlant a la barra els altres, fumant la majoria. Mira que li feia ràbia a Marta la pudor d'aquells puros que fumaven! Després se'n penetrava a la roba i li feia pudor tot el dia, però tot fóra per la seua investigació!

—Què no ho saben, que fumar provoca càncer?

—És clar que ho saben! Però els agrada patir.

—Però com els pot agradar? Amb la pudor que fa!

—A mi no m'ho preguntes. Jo ho tinc clar! No fumaré mai!

—Ara, però, ens haurem d'engolir tot el fum de la taverna! I sense ganes! En fi, què s'ha de fer? Entrem! Però Sanitat ho hauria de prohibir, això!

A la barra hi havia un grup de pescadors que reien ben a gust escoltant el Xato. Sempre que bevia tres absentes xerrava, explicava històries i inventava sense parar, així és que l'escoltaven una mica per riure i després el deixaven de banda. S'hi van acostar, amb l'excusa de demanar una llimonada, i van sentir part de la història. Parlava de tres llobarros tan grossos que no els van poder pujar a bord. Donava detalls de quan va ser i com. Quan la resta de pescadors, farts d'escoltar les suposades mentides, el van deixar sol, Marta i Xavi es van acostar a fer-li algunes preguntes.

—Ei, Xato! Com va això?

—Ui, Marta! Ei, xaval! Què feu per ací?

Marta era prou coneguda a l'ambient del port; com que anava moltes vegades amb Conxa a pescar, molts la coneixien de vista i d'altres per l'amistat que tenien amb la seua àvia.

—Hem vingut a prendre una llimonada i a fer una volta pel port. Vols prendre res tu?

—Home, mira, ja que us poseu...! Una absenta!

—Sebastià! Pose-li una altra llimonada al Xato.

—Ei! He dit absenta!

—Ho sentim, però nosaltres només el podem convidar a llimonada.

—Taste-la! Veurà com li agrada!

Li van pagar una llimonada i el van convidar a seure amb ells a una taula. Als cinc minuts ja els havia explicat tota la història.

—M'heu de creure. Tres llobarros grandíssims. Home!, amb l'ombra del sonar el patró els va confondre amb tres bancs de peixos que nedaven junts. Us dic la veritat!

—No, si et creiem! Però on va ser, on?

—No us el puc dir, el lloc. El patró em mataria!

—És una zona prohibida, veritat?

—No em feu parlar més! Què voleu que ens posen una multa per pescar a les illes Columbretes?

—No, home, no! No cal que ens digues que va ser a les illes Columbretes, si no vols.

—Encara que em torturàreu, no us ho diria mai!

—En fi, Xato, està vist que no t'hem de traure cap informació avui!

—No parlaré! No diré res!

—Val. Adéu, Xato!

—Adéu, xavals! Gràcies per la llimonada! M'ha agradat, tu!

—Clar, Xato! S'han de tastar coses noves de tant en tant.

En arribar a fora van respirar. El fum era molt i molt espés. Marta hi havia entrat alguna vegada amb la seua àvia, a comprar aigua o algun refresc per sopar quan venien a pescar a l'escullera. Però sempre era a l'estiu i tenien les finestres obertes. Ara, en canvi, ho tenien tot tancat i era insuportable.

Marta s'olorava la roba i pensava en la pudor que faria a la nit, en arribar a casa. Sa mare li ho notaria, segur. Xavi, però, estava entusiasmat amb la investigació.

—Bé! Ja sabem alguna cosa. Aquests animals provenen de la Reserva Natural de les Illes Columbretes.

—En provenen, o s'hi refugien!— El va parar Marta, que havia fet uns altres pensaments.

—Com?

—Que no pot ser que provinguen d'allí!

—Com ho saps, això?

—Mira, el llobarro no triaria mai com a hàbitat unes aigües tan clares com les de les illes Columbretes, ells s'estimen més les aigües fangoses de les desembocadures dels rius o les bocanes dels ports.

—Ah!?

Marta es va olorar la roba.

—Ja ho sabia jo, que em faria pudor la roba! Quin fàstic!

Però, gràcies a la pudor del tabac, Marta se'n va recordar del caliquenyo d'en Josep, l'encarregat de l'àrea de piscicultura, i de la gàbia amb llobarros i orades, aquells tan grossos que alimentaven amb un pinso diferent. Va pensar en aquell al qual Josep anomenava el rei. Li ho va contar al seu cosí.

—...I no m'estranyaria que tot aquest enrenou tinguera alguna cosa a veure amb aquells peixos.

—Ara que ho pense... Ja em va estranyar a mi que no ens deixaren fer fotos! Aquell biòleg del bigoti ens amagava alguna cosa.

—Què us amagava?

—Això és molt fàcil de saber! Anem a Vilandra!

—Ara?

—Ara! Per què no? Amb les bicis i per la costa, tardem mitja hora.

—Tens raó! Anem-hi!

7

Una investigació que es posa perillosa

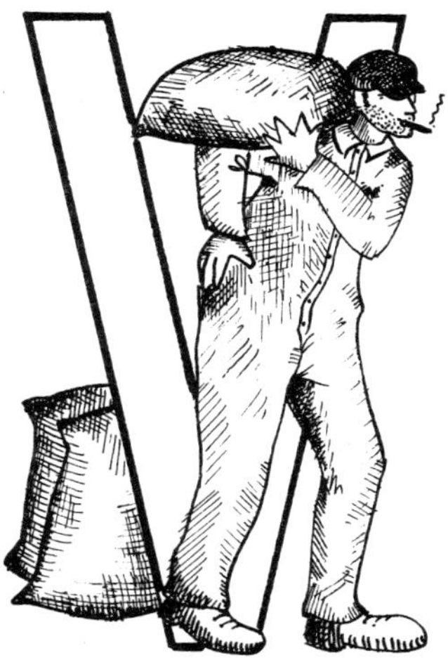

Van trobar Josep al magatzem del laboratori amuntegant sacs de pinso. Estava sol. Marta el va cridar.

—Eiii! Senyor Josep!

—Qui mareja?

—Som nosaltres!

—Qui sou? Què voleu?

—Se'n recorda de mi? Vaig vindre amb la classe el dilluns per tal d'estudiar el tema de la piscicultura.

—Ah, sí! Ja me'n recorde. Tu ets la que et vas marejar tant!

Ho deia amb un to socarronet. Marta es va posar roja, no li agradava ser recordada justament per allò.

—Sí! La mateixa! —va dir de mala gana.

—I què voleu ara? Avui és festa i no hi ha escola. De fet, tots fan festa avui. M'he quedat jo de guàrdia, perquè algú els ha de donar de menjar als animalets.

—Ja ha anat avui?

—No, encara no! Mira, estava acabant d'apilar aquests sacs i anava a carregar el pinso a la barca.

—És que l'altre dia, com que estava tan marejada, no vaig fer el dibuix, i és obligat per a l'examen. Com que el senyor Fermí no ens va deixar fer fotos...

—És que ho tenim totalment prohibit!

—Ja ho entenem, però si ens deixara anar amb vosté... jo faria el dibuix i...

—No estic autoritzat!

—Perfa, senyor Josep! Si no ens deixa anar em suspendran! L'ajudarem a carregar el pinso i no el molestarem! Vinga, deixe'ns, per favor...!

—És que no puc...!

—Però si l'altre dia es va veure clar que qui mana ací és vosté! Qui li ho ha d'impedir?

—Perfa!

—Vinga, va! Sí! Ací qui mana soc jo! Què caram! Au! Carregueu aqueixos dos sacs a la barca. Ja saps quina és!

—I tant! Ara mateix!

La veritat és que Josep va ser molt fàcil de convèncer. Mentre carregaven el pinso, Marta va tirar mà d'un d'aquells xiclets contra el mareig. Per fortuna, portava la mateixa caçadora que al matí i encara li'n quedaven. Josep s'aferrava al timó sense traure's el puret de la boca, com sempre, i com que l'apretava perquè no li caiguera, les arrugues de la cara se li feien més pronunciades encara.

—Quants anys deu tindre? Vés a saber! Deu tindre'n el doble que mon pare! O no? Quina pudor, el puret dels nassos!

Quan estaven arribant a les xarxes de piscicultura, li va preguntar pel rei.

—Encara te'n recordes, eh?

—Home, vosté dirà! Crec que mai no havia vist un llobarro tan gran!

—La veritat és que era impressionant!

—Era? Què vol dir era? S'ha mort?

—No ho crec! Però el "mexicà", ui! Fermí, no diu el mateix!

—I què diu ell?

—Ai, doncs que va ser un daurat! Que si va rebentar les xarxes, que si havíem de posar-les més fortes, que si els depredadors... però no s'ho creu ni ell.

—No ho veu possible vosté?

—Ara veureu els forats de les xarxes.

Josep va acostar la barca a la gàbia dels peixos especials i va enganxar les xarxes amb la gafa per fer-les pujar a bord.

—Ho veieu? Això no ho ha fet un daurat, i, a banda, tu ja vas veure que al rei no se li podia plantar cara. Ni un daurat, ni ningú!

Estaven totes estripades.

—Si haguera estat un daurat, haguera mossegat per fer un forat i prou!

—I el rei? No creu que s'haguera pogut defensar tot sol de l'atac dels daurats?

—Al rei no el pot atacar ningú! Creieu-me! Aqueix peix és indestructible. L'he vist jo fer cada cosa...

Li havien preguntat pel rei. I ell estava molt orgullós de tindre'n cura, així que s'entusiasmava parlant-ne. Però el van tallar, volien saber coses concretes sobre l'afer dels daurats.

—Vosté què pensa que ha pogut passar, Josep?

De sobte es va sentir encalçat i es va posar nerviós. Potser havia ficat la pota portant-los fins allí. Aquells mocosos li estaven fent moltes preguntes.

—Jo no pense res! A mi no em paguen per a pensar! Au, dibuixeu el que heu vingut a dibuixar i jo me n'he d'anar a casa, que avui és festa.

Josep era conscient que havia parlat massa. La seua actitud va canviar radicalment, i ja no els va dirigir la paraula. En arribar al port els va acomiadar.

—Jo no us he vist! I vosaltres no heu vist res! No us he dit res!

—Però, Josep...!

—Xavals, més val que calleu! No és una amenaça, però si el meu amo sap que us he portat allà, puc perdre el treball. Vosaltres mateixos!

Però Josep sabia que podia perdre alguna cosa més que la faena, si l'amo s'assabentava d'aquella conversa. Ahir de vesprada, el Mahmud i l'Abdul li havien portat la contràaria i, simplement, havien desaparegut. Li havia preguntat a Fermí, però es va fer el desmenjat.

—Mira, Josep —li havia dit—, hi ha coses que més val no saber-les. Pensa que han anat de viatge, que han tornat al Magrib.

Josep començava a tenir por, molta por. Marta i Xavi li ho van notar.

—Tranquil, Josep! Vol dir que pel senyor Fermí ha de preocupar-se?

—Fermí? Jo no estic parlant de Fermí! No coneixeu el meu amo, vosaltres!

—Josep, nosaltres no hem de dir res, de veritat!

Van mirar de traure-li importància a la informació que havien obtingut per a la seua investigació i alhora tranquil·litzar-lo.

—Moltes gràcies per deixar-nos dibuixar la piscifactoria. Si aprove, la meitat de la nota serà seua.

—Ja veus tu! Per a què la vull jo, la meitat d'una bona nota?

—Segur que hi ha alguna coseta que li abelliria...

—Un paquet de purets m'has de portar, si aproves!

Ho havia aconseguit. Havia trencat el gel. Josep ja s'havia oblidat del seu misteriós amo.

—Done-ho per fet! Adéu!

—Au! Aneu-vos-en ja!

Li van fer cas. Van marxar corrents. Ara ja tenien una cosa clara. Els peixos de la piscifactoria, els exemplars que estaven apareixent per les rodalies del port de Castellbó, i els que van estar a punt de pescar a les illes Columbretes havien de ser els mateixos, per força.

—Au! Anem a casa. Ja ho hem aclarit tot! —va dir Xavi, que ja estava un poc cansat.

—A casa, què dius, ara?

—Ai? I què vols que fem? Ara ja està clar, no?

—No hi ha res clar! Justament ara tot comença a complicar-se.

—Però...

—Per què tenia tanta por Josep?

—No voldrà quedar-se sense faena, tal com estan les coses... A la seua edat buscar una altra ocupació...

—No! Hi ha alguna cosa més!

—Doncs, jo què sé!

—Recordes el periòdic que ens ha ensenyat ton pare aquest matí?

—Sí, clar! L'orada gegant! Com no me n'he de recordar!

—I recordes qui deia que l'havia comprada, aquesta orada?

—És clar! Un restaurant del Grau! Això sí, no recorde quin.

—Restaurant Don Carlos!

—Tens raó! Don Carlos, i...?

—Tens clar on anem ja?

—Al Don Carlos?, però...

—Xxxt, al Don Carlos!

8
Hem passat por a la cuina del restaurant Don Carlos

El restaurant estava tancat. Van haver de colar-se per la porta de la cuina, per on carregaven les provisions i treien les deixalles. Feia una pudor insuportable de peix podrit. Ara era Xavi qui estava a punt de marejar-se.

—Quina pudor! Encara no tinc clar a què hem vingut.

—Xxxxt! Calla, que ens sentiran!

—Però si és veritat! Hem fet d'investigadors privats, i ha estat divertit, però ara ja estem servits. Anem a casa!

—Ah, no!

—Ja està bé, cosineta! Ací no hi ha cap misteri. L'únic que hi ha és peix podrit. Anem-nos-en!

—Així que el senyoret, ara, vol fer-se arrere, eh?

—Pensa-ho seriosament. Què fem ací? Hem entrat en una propietat privada i sense permís, ens poden acusar d'això i de lladres i, a canvi, què tenim? Uns peixos més grossos del normal que han fugit d'una gàbia. I un restaurador amb diners que ha comprat un exemplar de pesca molt valuós. Als altres peixos ja se'ls faran, algú els comprarà i, aleshores, tot tornarà a la normalitat.

—Tu has llegit la notícia?

—No! He vist les fotos i he llegit els titulars! I ja n'he tingut prou!

—Ah! Aleshores calla! Restaurador amb diners! Ja vas bé, ja!

—Què passa?

—Passa que no és normal que un restaurador pague la milionada que ha pagat el tal Don Carlos, passa que no va aguantar gens a la subhasta, passa que no va aprofitar l'ocasió per fer-se propaganda davant els mitjans de comunicació. Ho veus normal, això?

—Dona, jo...

En aquell moment van sentir algú que entrava per la mateixa porta que ells, així que van haver d'amagar-se darrere dels poals de les escombraries.

—Don Carlos! Don Carlos?

—Ei, Fermí! Tira cap a dins! Estic a la cuina!

Aquella veu li sonava, però va alçar el cap per tal d'assegurar-se'n. Justa la fusta! Era Fermí, com ella s'havia imaginat. El mexicà. El biòleg de la piscifactoria. Però què feia allí? Com és que hi havia tanta familiaritat? Havien d'escoltar el que li havia vingut a dir al tal Don Carlos.

Fermí va passar pel costat d'on estaven ells, però no els va veure. Era un bon amagatall, perquè, amb la pudor que feien aquelles escombraries, no abellia aturar-se per esbrinar si estaven soles o acompanyades. Una vegada es va perdre de vista, els joves van mirar d'acostar-se a la porta de la cuina per tal d'escoltar el que deien. Xavi haguera fugit, però Marta el va fer quedar-se. Havien de fer un esforç per sentir-los, ja que el mexicà havia tancat la porta i a prou penes se'ls entenia res. Per fortuna van descobrir un ventilador molt prop del sostre que estava encastat a la paret, d'aqueixos que fan les funcions d'extractors a les cuines que no tenen molt bona ventilació. Com que el restaurant estava tancat, no funcionava, i per aquell ull de bou podrien sentir-los perfectament. Hi van acostar unes caixes i van pujar a sobre.

—I el rei, l'has trobat? —preguntava Don Carlos.

—No, però, pel que explica el Xato a la taverna, ells el van trobar, amb els altres dos, vora les illes Columbretes.

—El Xato! —va xiuxiuejar Xavi—. El Xato i els llobarros!

Estava entre entusiasmat i espantat. Era la seua història, la mateixa sobre la qual estaven esbrinant ells. El mexicà seguia parlant.

—Demà hauríem d'anar a l'illa Grossa i col·locar el dispositiu. És l'única manera.

—D'acord!

—Avise Josep perquè vinga a ajudar-me?

—Fes-ho! I l'altra orada?

—Tornarà a la piscifactoria. Avui l'ha vista rondant per allí. I li ha estat tirant menjar. L'atraparà, segur. Si no ho ha fet ja!

—Més val! Comprar la d'ahir em va costar un dineral.

—Sí! I, a banda, vam eixir en tota la premsa. Aqueixa publicitat no ens convé!

—I aqueixa parella de bajoques de moros que tenia d'ajudants de cuina, encara volien figurar a les fotos!

—Per cert, no té importància, però m'ha telefonat Josep. Uns xavals han anat aquesta vesprada a fer uns dibuixos i li han estat fent moltes preguntes. Crec que hauríem d'estar alerta!

—Som nosaltres! Som nosaltres! —ara Xavi sí que estava cagat—. Marta, jo me'n vaig! Açò pinta malament.

—Xxxxt! Calla i deixa'm escoltar!

Don Carlos i el biòleg seguien parlant. Era evident que aquell que controlava tota la situació era l'amo del restaurant i allò devia de ser alguna operació il·legal. Per aquell motiu anaven amb tants de secrets. Ara ja sabien qui era l'amo a qui Josep temia tant.

—Don Carlos, jo crec que encara estem a temps! La cosa se'ns ha esmunyit de les mans!

—No sigues fava! A qui li ho explicaràs? Què vols, que ens podrim a la presó? O vols fer companyia a aqueixa parella de bajoques?

Xavi estava cada vegada més nerviós.

—Marta! De qui estan parlant? Qui són els bajoques?

—Vols callar d'una vegada? M'estàs posant molt nerviosa.

El cuiner i el biòleg seguien parlant.

—Eh? Els vols fer companyia als moros?

—No! Don Carlos, això no li farà falta. Sap que jo sempre li seré fidel! Però amb el rei solt...

—El que has de fer és atrapar-lo!

—Sí, com si fóra tan fàcil!

—Au, vés! Agafa't Josep i a la faena! Us vull feinejant tota la nit. Vull que apareguen!

—Aquesta nit, no, per favor!

—Sí! I més val que calles, que ací estem tots ficats fins al coll!

—Però amb la xerrameca del Xato tots miraran de fer-se amb els peixos.

—Al Xato no li fa cas ningú!

—De tota manera, no pense que siga prudent...

—Tu no cobres per pensar! Per a prudències estem! Au! Vés-hi!

—Vaig!

—Ah! Quan isques emporta't les deixalles. Desfés-te de l'orada. Ja no puc suportar més la pudor!

En sentir això, la parella de detectius es van posar molt nerviosos. Tant, que van caure, ells i la caixa sobre la qual estaven recolzats, fent un aldarull de mil dimonis.

—Me case en la mar salada! Què passa allí a fora?

—Qui hi ha?

Encara no havien pogut reaccionar, quan els nostres amics ja havien pujat a les bicicletes i havien girat la cantonada. El «mexicà» ja no va veure ningú, però es va adonar que la cortina de la porta encara es movia. Prova evident que hi havia algú, ja que no feia gens de vent. Va acostar-se a corre-cuita per veure si empaitava el possible intrús, però un gat negre se li va creuar esbufegant espantat.

—Fffff! Meeu!

—Ostres! Una mica més i m'esgarrapa la cara! Un gat negre! Mal presagi!

Va mirar a totes dues bandes del carrer, però en no veure ningú, va pensar que el gat havia estat el responsable de l'aldarull, així que va tornar per donar informes.

—Res! Un gat!

—No m'estranya! Amb la pudor que fan aqueixos poals. Au! Vés i enterra-ho tot d'una vegada! No ens podem arriscar que s'ho emporte el camió de les escombraries.

Marta i Xavi ja estaven a l'altra punta del Grau. Havien anat a tota màquina, a punt de perdre les cadenes, però Marta va frenar en sec.

—Què fas ara?

—Hi hem de tornar!

—Ara sí que estic segur. La meua cosina és boja! Estàs com una cafetera!

—Xavi! Ho dic seriosament, hem de tornar-hi!

—No, no, no, no, no! Ah, no!

—Mira, Xavi! Allí en passa alguna de grossa. A aquells poals d'escombraries està l'orada estripada. N'estic segura, i miraran de desfer-se'n. Hem d'aconseguir-ne una mostra.

—Però, Marta....! No m'ho faces, això!

—Si no vols vindre, no vingues. Però jo hi he de tornar!

I què havia de fer Xavi? Deixar sola la seua cosina, eh? Doncs no!

El "mexicà" estava carregant les deixalles a la furgoneta. Marta, com sempre, tenia raó. Era fàcil, només calia esperar que acabara de carregar i seguir-lo. Però no va ser tan fàcil, perquè la furgoneta anava més ràpid que les seues bicicletes. Era de nit i ells no podien encendre els fanals. Els haurien descobert!

Però, així i tot, ho van aconseguir. Seguint aquella furgoneta, van eixir del Grau i es van endinsar per un camí de la marjal fins un camp obert que estava a prop del riu. Allí van veure com Fermí va descarregar les deixalles i després va agafar una pala. Va fer dos clots. Quan havia acabat de cavar, va tirar les deixalles de l'orada dins d'un d'aquells forats i ho va colgar. Després va traure de la furgoneta dues bosses negres i allargades i les va enterrar en l'altre forat. Va mirar a tot arreu per assegurar-se que ningú l'havia vist, va pujar a la furgoneta i va desaparéixer.

—Aquelles bosses negres...

—Què?

—Què no ho veus? A aquelles bosses....

—Què?!

—Estic segura que hi ha un mort a cada una!

—Sí, i què més?

—Com t'ho dic! I em jugaria el que vulgues que es tracta dels pobres ajudants de cuina que vam veure a la foto del diari. Aquella parella de joves magribins.

—Va, tu somnies rotllos!

—Vols comprovar-ho?

—No! No!

Era el moment d'actuar. De descobrir la veritat. Els nostres amics, però, només van destapar el clot on creien que era enterrada l'orada. Una altra vegada els va venir aquella pudor tan desagradable de peix podrit. Van rebentar una d'aquelles bosses negres. Xavi es va tapar el nas i es va tirar arrere. Marta es va acostar per tal de veure'n el contingut. Allí estava l'orada, morta i feta a trossos.

—Ací tens l'orada! I si mirem l'altre clot...

—Nooo!

—Tranquil, no ho farem. Però estic segura que a l'altre clot estan aquells xicots. Els bajoques dels quals parlava Don Carlos. L'afer és més greu del que a mi em semblava.

—Marta, no toques res i anem a avisar la policia!

Encara no havia acabat de parlar, ja havia pujat a la bicicleta i se n'anava corrents.

—Ei, Xavi! Espera! No córregues tant! A la policia no li podem dir res!

—No tornes, Marta! Jo estic molt espantat! Avisem la policia i oblidem-nos-en!

—No ho podem fer! No tenim proves i no tancarien ningú. I, ja ho has sentit al restaurant: saben qui som, Josep ha parlat per tal de protegir-se. Si avisem la policia, ens delatarem i correrem el mateix perill que —va assenyalar el clot de les bosses llargues— aquests dos infeliços.

—Aleshores, oblidem-ho tot! Anem-nos-en a casa!

—Això, mai! Qui ha matat aquests cuiners, ho pot fer una altra vegada. No podem deixar-ho passar. Resoldrem el cas pel nostre compte i aconseguirem les proves necessàries per incriminar-los.

Van agafar una mostra d'aquella carn de peix mig podrida i la van embolicar amb un tros d'aquell plàstic negre i pudent.

—Li ho donarem a ma mare. Segur que ella ho podrà analitzar!

—Au, anem ja!

—Sí, ja anem! Pesat!

—Però tu saps quina hora és? A casa segur que ja han sopat!

—I què? La nostra investigació és més important!

—És igual, tinc ganes d'arribar per explicar-ho. No s'ho creuran!

—Escolta, Xavi, a casa ni una paraula d'això, val?

—Sí, home, ni a la policia ni a casa! No n'estàs fent un gra massa?

—Xavi! Ni una paraula!

—No t'ho puc prometre, cosina. Tinc molta por!

Havien quedat per sopar junts aquella nit, a casa de Marta. Ara que Marc estava als Estats Units, Raquel es trobava sola i ho feien moltes vegades, això de quedar amb el seu cunyat, per a dinar o sopar.

Quan van arribar la parella, els grans ja havien acabat de sopar, però encara els esperaven asseguts a taula. Van haver d'inventar una excusa sobre la cadena de la bici de Xavi que ni ells mateixos van creure. Però, pel que es veia, ni Raquel ni Toni tenien ganes de discutir aquella nit, així que els van deixar sopar.

De tota manera, ni Xavi ni Marta podien dissimular. Les seues cares reflectien el que acabaven de veure i, tot i que feien el que podien per parlar de la pesquera del matí, de l'oratge, i miraven de fer algun acudit sobre el pretés incident amb la cadena de les bicis, els grans van notar-los neguitosos, així que els van estar fent preguntes durant tot el sopar. Xavi es va comportar i no va dir absolutament res, sinó que va deixar fer a la seua cosina.

—Toni, saps? Xavi i jo hem estat parlant...

Li va pegar un cop de peu a Xavi per davall la taula perquè li seguira el corrent.

—Aii! Què fas? Eh? Ah! Sí, sí! Hem estat parlant!

—Això, hem estat parlant, i ens agradaria molt poder anar demà a l'illa Grossa. Avui ha fet molta calor i, si portàrem els vestits de neopré, podríem bussejar i veure els fons marins una estona.

—N'estàs segura? Mira que avui us heu marejat els dos i...

—No! Ja veuràs que, si prenc xiclet, no em marege! I, a banda, ens abelleix molt cabussar-nos.

—S'ha de reconéixer que les aigües de la badia de Port Tofinyo són les més clares de la contornada.

—I les més fredes també! —va interrompre Raquel—. Què voleu? Agafar un constipat?

—Noo! Si fa sol, a més, amb els vestits de cabussar-nos no crec que passem fred!

—I, a banda, està ple de coves... Potser viurem una aventura i tot!

—Ja! Què voleu trobar el tresor de la cova del Tabac?

Algunes coves com la del Tabac, havien estat utilitzades pels contrabandistes per a guardar les seues mercaderies. Això i la imaginació de la gent, havia fet créixer les llegendes sobre tresors amagats per pirates i d'altres històries.

—Tot podria ser!

Marta li va fer l'ullet al seu cosí, però aquest encara seguia més blanc que un lliri, amb aquella cara d'ànima en pena per l'aventura que havien passat. Ells sabien que podien trobar algunes coses a l'illa Grossa, tot i que estaven segurs que no serien tresors.

—Bo, nosaltres ens n'anem a jugar a l'ordinador, així us deixem parlar de les vostres coses.

—Si acabeu d'arribar a casa!

—Deixa'ls! —el va corregir Raquel—. Ells també volen parlar de les seues!

—Ah! Mare! —va dir Marta mentre pujava les escales—. A la nevera hi ha una bossa de plàstic negre. Hem agafat unes mostres de peix, ens el podries analitzar demà a la farmàcia? És per al treball de piscicultura que estic fent!

—Dóna-ho per fet, filla! Crec que demà tindré una guàrdia tranquil·la, a Castellbó no s'ha quedat ningú aquestes festes, així és que encara em vindrà be per no avorrir-me.

9

Una cabussada a les illes Columbretes

Quan a Raquel li va sonar el despertador per anar a treballar a la farmàcia, ja feia dues hores que la seua filla havia marxat amb son tio Toni i el seu cosí. Si volien arribar a l'illa Grossa a una bona hora, havien de matinar. Així que van eixir completament de nit.

Ara era la mare qui havia trobat una nota de la filla sobre la taula de la cuina.

«Hola, mare:

No he desdejunat, no m'ha donat temps. Però tranquil·la, que he agafat una poma per al camí. No et canses. Ens veurem a la nit.

Ah! Recorda't d'agafar les mostres de peix per a l'anàlisi. Voldria acabar el treball demà.

Un bes!

Marta.»

Va obrir la nevera per agafar un poc de suc, i li va venir, directament al nas, la pudor del peix podrit.

—Tranquil·la, filla! Encara que no m'ho hagueres recordat, la meua pituïtària té molt bona memòria.

Va agafar la mostra de peix embolicat amb aquell plàstic negre fastigós i ho va posar dintre d'un portaviandes de plàstic hermètic. Ara, com a mínim, ja no faria pudor.

* * *

La barca funcionava a la perfecció. Els mecànics del Club Nàutic li havien fet una bona revisió. Havia arrancat a la primera i, quan Toni l'havia accelerada, havia respost molt bé. Ja feia una estona que s'havia fet de dia i al final de l'horitzó ja s'albiraven les siluetes de les illes. Va reduir la marxa. Encara van tardar una bona estona en arribar-hi. Marta no es va marejar gens aquesta vegada. I va ser quan estaven a punt de fondejar que es va adonar que no s'havia pres cap xiclet.

Xavi, que anava mirant les siluetes de les illes amb els prismàtics, va veure un bot entre les roques i li ho va dir a Toni, que va fer per acostar-se per saludar i per si volien res.

Ara era Marta qui estava mirant per la ullera de llarga vista. Només s'hi veia un tripulant. Diria que era Josep, l'encarregat de donar de menjar als peixos a Vilandra, però no n'estava segura, tot i que la barca se semblava molt a la que ell gastava per alimentar els peixos; clar que, de lluny, aquestes embarcacions semblen totes iguals. L'home s'estava ajupit i tenia el cap quasi damunt de l'aigua. Com si volguera recuperar alguna cosa del mar. Efectivament! Estava agafant un sac. Ara, quan es va alçar per deixar el sac sobre el casc de l'embarcació, va estar-ne segura. Era Josep.

Ara va tornar a ajupir-se. Estava ajudant un bus a

pujar a bord. El va reconéixer també. Tot i que encara no s'havia tret l'escafandre, el bigoti aquell tan llarg va descobrir-lo. Es tractava de Fermí. Ara va mirar cap a ella. Després li va dir alguna cosa al Josep, assenyalant en la direcció on ells eren. Els havien descobert. Ara Josep arranjava coses per la coberta i agafava el timó. Mentre, el mexicà recollia l'àncora. En un tres i no res havien posat en marxa el motor i havien desaparegut de la seua vista.

—Pel que es veu no necessiten ajuda.

—Més val que acceleres si volem agafar les coordenades on ells eren.

—I per a què vols cabussar-te allí? Hi ha llocs més bonics. Conec unes roques que...

—Per favor, tio. Voldríem cabussar-nos al mateix lloc que estaven ells.

—Val, val, com vulgueu! A mi què més em dóna?

—En marxa!

Va ser fàcil trobar el mateix indret. Només van haver de seguir l'estela de l'altra barqueta. Toni va tirar l'àncora i Marta li va dir a son tio que mirara el GPS.

—Agafa les referències!

—Si voleu saber el lloc amb tanta exactitud, haurem d'agafar també visuals.

Pel que es veu, el sistema de navegació per satèl·lit no era del tot infal·lible, tot i que donava una idea prou exacta de la situació. Podia oscil·lar alguns metres, la qual cosa era suficient per equivocar-se, si es buscava un indret molt concret. Així que calia tirar línies de referència visual des de la barca al paisatge de terra o, en aquest cas, a les illes que tenien al davant.

—A veure! Des d'ací puc veure la punta del Mascarat alineat amb el far de l'illa Grossa i...

—I... Mira el fons! –el va interrompre Marta.

S'havien quedat a fora de la badia natural que formava l'illa Grossa, molt a prop de l'illot que s'anomena el Mascarat, pel color negre de les seues roques. El fons es veia amb total claredat. Estaven fondejats com al cim d'una roca. Hi hauria pels voltants uns deu metres de fondària, però aquella punta submarina estaria a tres metres escassos del nivell de l'aigua.

—Potser amb aquesta punta ja tenim prou referències. Au! Poseu-vos els vestits de neopré i feu una capbussada. Jo em quedaré llegint.

Els joves es van posar els vestits, els cinturons amb els ploms, una xarxa per a recollir mostres i es van lligar uns ganivets a la cama.

—Mai no se sap! —els deia Toni mentre els ajudava.

Era cert. Molts bussos havien pogut sobreviure gràcies a un ganivet com aquell. Si s'enganxaven en alguna roca o xarxa abandonada, el ganivet podria ajudar-los a lliurar-se'n.

—Pels taurons no cal que us preocupeu!

Toni reia ben a gust el seu acudit, segur com estava que aquelles aigües podien oferir pocs perills a la parella de joves. Però a ells els va fer molt poca gràcia aquell acudit. No hi havia taurons, però ells estaven segurs que podien trobar-se, sobtadament, amb un perill encara pitjor. No sabien com podia reaccionar un llobarro d'aquella grandària amb la presència humana. De tota manera, van fer com si res. D'haver-li explicat a Toni l'afer, ben segur que no els haguera deixat cabussar-se.

Se la jugarien i punt!

Els va ajudar a carregar-se les bombones d'oxigen i, després, l'una darrere l'altre, es van deixar caure d'esquena per la borda d'estribord.

Xavi era un bus experimentat. Molt més que Marta, que, com que es marejava tant, només se submergia a la costa de tant en tant. Així que, des del principi, va decidir seguir-lo. Va baixar primer fins al cim d'aquella mena de muntanya submarina que havien descobert i, després, va anar baixant pel vessant que mirava al Mascarat. Marta al·lucinava per la quantitat de colors que podien observar-se sota l'aigua i, també, per la quantitat de vegetació que hi havia adherida a les roques i pels peixos que s'hi refugiaven.

Veien els contrastos que produïa el color negre dels eriçons, amb la rojor dels tomàquets de mar i el verd de les anemones. Hi havia vaques serranes, vidriades, sargs reials i tots tenien uns colors diferents a quan ella els pescava al port. Un poc més al fons va veure un grup de fadrins que nadaven tots alhora com si foren un sol cos, on alternaven els colors blaus i rojos amb els marrons i els arabescos de les femelles. Semblaven peixos d'un aquari tropical.

Un nero va passar parsimoniós entre el núvol de fadrins i el va desfer. Aleshores va veure el cap d'una morena que entrava i eixia per una escletxa, obrint i tancant la boca. Va pensar que aquell animal perfectament li podria arrancar una mà d'un mos, amb aquelles dents que tenia. Valia la pena no acostar-s'hi.

Estava encaparrada en aquelles cavil·lacions i s'imaginava traient el ganivet per defensar-se de l'atac de «la morena assassina», quan va veure que el seu cosí s'havia parat i li estava fent senyals. Hi havia un redolí a la roca que estava sense vegetació, uns quatre metres més avall. Van nadar cap a allí.

Es tractava de l'entrada a una cova, al voltant de la qual no creixia res. Els va estranyar no veure-hi algues terroses ni animals adherits a la roca. Estava tot ben pelat.

Xavi va indicar la boca de la cova i després va senyalar amb el dit cap a la superfície, com preguntant-li si hi entraven o tornaven. A Marta li va faltar temps per dirli, també amb el dit, que cap a dins de la cova.

Tenia l'entrada prou ampla, van poder passar els dos a la vegada, però molt poca fondària. Hi havia una estança que formava un semicercle al voltant de l'entrada, d'uns deu metres de diàmetre. La llum que entrava per la boca era escassa, però suficient per poder veure la totalitat d'aquella sala amb certa claredat. S'endevinaven altres forats per les ombres dels racons, però, per l'aparença, devien tenir poca importància.

Van fer un parell de voltes per l'interior i només van veure aquella roca pelada pertot arreu. Després es van fer senyals per tal d'eixir d'allí. Va ser aleshores quan, a Marta, li va cridar l'atenció un objecte redó, blanc i lluent, que va veure al terra de la cova. La va sobtar pel contrast que produïa amb la foscor de la roca i el contrallum de la claror de l'entrada. Pensava que seria una pedra, però quan ho va agafar, es va adonar que es tractava d'alguna altra cosa. Així és que se'l va guardar a la xarxa del cinturó.

Estaven quasi fora quan, els dos a la vegada, es van quedar clavats per un so intermitent que havia començat. Era com un tu-tu continu que fins ara no havien captat ni l'un ni l'altra. Marta va mirar de preguntar-li al seu cosí de quina cosa es podia tractar, però aquell posava la cara i feia els gestos de no comprendre res, tampoc.

Del que estaven segurs era que aquell soroll procedia de dintre la cova i van posar-se a mirar si n'esbrinaven l'origen.

Aquesta vegada va ser Xavi qui va fer la troballa. Anava seguint el soroll, que cada vegada era més fort, i va descobrir un dispositiu metàl·lic en un racó fosc. Va voler agafar-lo amb les mans i va adonar-se que estava amarrat amb una cadena al fons.

Va fer vindre la seua cosina i entre els dos van mirar d'arrancar-lo, però va ser impossible. Qui havia col·locat aquell dispositiu allí, volia assegurar-se que ningú no el canviaria de posició.

Ara ja sabien de quin dispositiu estaven parlant Don Carlos i Fermí la nit anterior, al restaurant. Possiblement, era aquell aparell que emetia un so destinat a atraure els peixos que encara estaven solts, inclòs el rei. Si era així, i semblava bastant probable, l'havien posat en funcionament feia uns instants i, seria millor que es donaren pressa en eixir d'aquella cova abans no aparegueren aquells animals. Era de suposar que els ganivets que portaven no els servirien de res amb aquella mena de llobarros.

Es van mirar. Tots dos degueren pensar el mateix, perquè no van necessitar cap senyal. Es van posar els dos a nadar a corre-cuita cap a l'eixida de la cova i després cap a la superfície, tan ràpidament com van poder. Ara Marta tenia por, li havia entrat el pànic de sobte. Amb la urgència van eixir massa ràpidament, i el pànic i la falta de descompressió lenta, els ho va fer passar als dos molt malament. Una vegada s'havien refet, Toni els va renyar.

—Però què us passa? A qui se li acudeix pujar a la superfície tan ràpidament?

—A nosaltres!

—Bajoques! Podria haver estat pitjor! I estem molt lluny de la costa.

—Toni, on és la meua malla, la que portava al cinturó?

—Per allí l'he deixada! Però no ho torneu a fer! M'he espantat!

Marta ja no l'escoltava. Se'n va anar corrents a veure a la llum del sol aquella espècie de pilota de tennis que havia trobat. La va agafar i era blana, i es mig transparentava. La va posar al besllum i va veure un peixet dintre que nedava d'una paret a l'altra d'aquella piloteta.

—Un ou? Escolta, tio! Quin animal diries tu que pon aquesta mena d'ous?

Marta li va passar aquella mena d'ou de Pasqua redó a son tio, el qual el va examinar de la mateixa manera.

—No ho sé! Mai no havia vist un ou tan gran!

—Agafa un poquet d'aigua amb el poal. Rebentarem l'ou! Sembla que l'animal està a punt d'eixir!

Xavi li va fer cas a la seua cosina i quan van tenir l'ou dins del poal amb aigua, amb la punta del ganivet, van obrir-lo.

—Mira, Toni! Jo diria que és...!

—Valga'm Déu! És un llobarro! N'estic segur!

—Doncs si és així el fill —li va dir Marta—, pensa com deu ser la mare.

—Pare! Més val que estigues assegut —li va dir Xavi— per escoltar el que t'explicarem ara.

Era el moment d'explicar-li-ho tot a son tio. Marta va començar la història i Xavi l'anava tallant per introduir-hi les variables que es deixava. Fins que van arribar a la troballa de l'orada i del que, pensaven, eren els dos joves magribins morts.

—Sí, home, dos morts! I què més?

—Encara no ens creus, eh? Mira el llobarro del poal! Veus la grandària que té? I acaba d'eixir de l'ou!

El llobarret havia crescut el doble en aquella estona. Ara va ser Toni qui es va marejar.

Xavi va agafar el timó i van posar proa ràpidament al port de Castellbó. Pel camí ja decidirien què fer.

10
Prou proves per trucar a la policia?

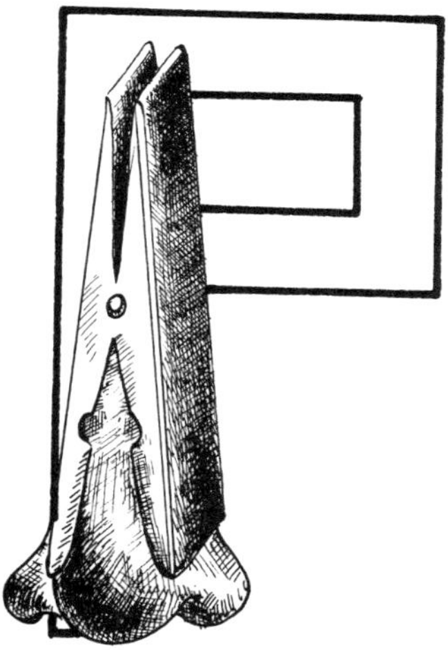

Però no van decidir res pel camí. Van vindre els tres en silenci, encaparrats amb les seues coses. El més espantat dels tres era Toni, qui li anava donant voltes a l'embolic en el qual s'havien ficat el seu fill i la seua neboda.

A mig camí es van menjar els entrepans que portaven. Mentre dinaven, Xavi li va preguntar a son pare.

—I ara què, pare?

—Ara què de què?

—Doncs, que què hem de fer? Tu ets adult i se suposa que has de saber què fer!

—Se suposa, se suposa! En bona us heu ficat! Ja veurem què fem ara!

Van arribar a casa de Marta passades les set de la vesprada. Raquel estava preparant un berenar-sopar per als quatre i la van trobar a la cuina.

—Hola! Què, com ha anat la cosa?

—Eh? Ah! Bé! Bé!

—Que ha passat res?

—Eh? No, no!

—Escolta, mare! Has pogut analitzar la mostra que et vam deixar a la nevera?

—Sí! Quina pudor que feia! He hagut de fer l'analítica amb unes pinces al nas!

Ho deia tapant-se el nas i fent el pallasso. Ningú no va riure.

—Ei! Que és una broma! Uiii! Com està el pati!

Toni va traure el llobarro del poal. Aquest ja havia mort, per falta d'oxigen o d'aliment, però s'havia fet força gran. El van posar a la bàscula.

—Quatre-cents cinquanta grams!

—Bon llobarret! El preparem també per al sopar? —va preguntar Raquel.

—I les anàlisis, mare? On són els resultats?

—Ah, sí! Mireu, he trobat un parell de coses ben estranyes!

—No, si ja! –van dir els tres a la vegada.

—Què passa? No, eh? De veritat! És sobre el nivell de dioxines. És molt elevat!

—Dioxines?

A Xavi se'l veia molt interessat en el tema.

—Sí! Una substància tòxica que s'acumula al greix dels animals.

—I què passa, que en té moltes, de dioxines d'aqueixes, o què?

—Per a mi, massa i tot. Està per sobre del límit que permet la normativa comunitària.

—I a què es deu aqueixa acumulació, pot ser l'alimentació?

—Pot ser. Però també pot estar motivada l'acumulació per la contaminació de l'aigua, o per... Vés a saber!

—I l'altra cosa?

—Eh?

—Has dit que havies trobat un parell de cosetes!

—Ah, sí! Mireu, és una cosa sobre el tipus de carn, no? Em vas dir que les mostres eren d'orada, no? I efectivament, sembla peix a primera vista, però té també algunes característiques moleculars com si es tractara d'un mamífer.

—Vols dir que és com si hagueren mesclat mamífers i peixos?

—Sí, ja sé que sembla una ximpleria, no? Però això m'ha semblat!

—Només t'ho ha semblat?

—Home, per estar-ne segurs hi hauríem de fer una prova de l'ADN, però...

—Aqueixes proves —va dir Toni mentre sostenia el peix per la cua—, li les podries fer a aquest llobarret?

—Jo no puc. Però sí que ho podríem enviar a València perquè ho analitzaren.

Marta li va fer encara una altra pregunta a Raquel.

—Mare! Has dit que semblava peix i mamífer a la vegada. Podria ser, per exemple, una orada i una balena la combinació?

—Si foren certes les meues sospites, sí! Però és totalment impossible aparellar espècimens de diferents gèneres animals! Si no és que... Però voleu explicar-me què passa? Per què em feu tantes preguntes?

—Si no és què?

Van saltar els tres a l'hora.

—Si no és que hi ha manipulació genètica. Però aqueixes investigacions crec que estan prohibides i, que jo sàpiga, ningú no s'ha aventurat mai per allí.

—Aleshores, enviem a analitzar el llobarret!

—Jo no faig res més fins que algú no em diga què passa.

—Veus aquest llobarro que fa mig quilo? —li va dir Marta—. Doncs aquest matí encara era dins de l'ou!

—Més val que parem taula i anem sopant, és una història molt llarga la que t'hem d'explicar.

Raquel a penes va sopar, només escoltava els tres amb la boca oberta. Els altres, però, parlaven i menjaven sense parar, fins que li ho van haver contat tot, fil per randa.

—...I deia Fermí que els donaven pinso per fer-los créixer més, però si es confirma el frau de l'ADN... Estan posant en perill la salut de moltes persones que consumiran aqueixos peixos.

—Sí! Exactament! I el tema els ha fugit de les mans. Per això intenten recuperar totes les proves.

—Per això, fins i tot han matat qui els podia delatar.

—I heu trobat més ous, o solament el del llobarro?

—Només estava aquest; segur que els altres els havia recollit Fermí aquest matí quan ha col·locat el dispositiu.

—No podem anar a la policia. Necessitem més proves.

—Sí, però com a mínim podríem telefonar des d'una cabina i dir on són els cadàvers. Això no ens implicaria.

—Si és que hi ha cadàvers!

—D'això, n'estic segura! —va sentenciar Marta.

—D'acord! Jo ho faré! —va dir Toni—. Telefonaré la policia. Vinc de seguida!

—Val, d'acord! Pel que fa al peix, és l'única prova que tenim. Però demà és Pasqua i els laboratoris estan tancats. Ningú no ens analitzarà res. Més valdrà guardar-lo al congelador i esperar.

Toni va tirar una moneda de cinquanta cèntims a la cabina i va marcar el 091. Va posar un mocador al micròfon de l'aparell, per tal que no li reconegueren la veu.

—Escolte? És la policia? Volia fer una declaració.

—Em pot dir el seu nom i DNI, per favor?

—No, voldria restar en l' anonimat.

—Ho sent! Ha d'identificar-se prèviament!

—És que...

Va dubtar, però després va soltar tot el que havia de dir d'un cop. Sense respirar. Era l'única manera de ferho.

—Mire, jo només volia dir-li que en un camp obert que hi ha a la partida del Ramet, un que és molt a prop del riu Sec, trobaran, segurament, dos cadàvers mig enterrats en unes bosses de plàstic.

Va penjar ràpidament per si localitzaven la telefonada. Després, amb el mocador, va netejar les empremtes que havia deixat al telèfon i se'n va anar corrents.

—Mai no se sap!

11
S'han sentit trets a la marjal!

Fermí?

—Sí?

—Escolta, soc Josep! Ja la tinc! Vine amb la furgoneta!

Si era veritat que Josep havia aconseguit atrapar l'orada, això volia dir que ja només quedaven els llobarros solts. Amb el localitzador acudirien a la cova del Mascarat i potser l'endemà de matí se'ls farien també. Ell encara portava el sac amb els ous i, si es desfeien de tot, les proves quedarien esborrades i tot tornaria a la normalitat. Don Carlos li havia dit que tenien un comprador per al rei, que els donarien prou milions. Prou per a jubilar-se. Fugir lluny i retirar-se, oblidar-ho tot en una granja a la muntanya i criar cavalls, això era el que li abellia fer quan li pagaren. Estava prop. L'únic que havia de fer era atrapar aquell llobarro, donar-li un bon sedant i carregar-lo a un vaixell amb cisterna que arribaria demà al port.

Ara, mentre conduïa la furgoneta del restaurant camí del port de Vilandra, no sabia si podria complir l'última ordre que li havia donat Don Carlos.

Entre els dos no van carregar fàcilment l'orada a la furgoneta. De tota manera, no estaven les càmeres de televisió fent la punyeta, ni tenien públic, així que ho van fer amb tota la tranquil·litat del món. Després la furgoneta va fer sola l'itinerari, se'l sabia massa bé! L'indret, el destí, era aquell camp obert prop del riu Sec.

Josep va traure un puret i se'l va posar a la boca.

—Fer fi! Ja tenim l'orada, tu!

—Sí!

—Demà els altres dos!

—Sí!

—I el rei! Que no serà tan fàcil, però ens el farem, eh?

—No.

—Com que no?

—Eh? Ah! Sí!

—Eh, Fermí! Espavila't, tio, que encara t'adormiràs!

Fermí, però, no tenia moltes ganes de parlar. Quan van arribar al lloc, va aturar la furgoneta, li va donar una pala al Josep i en va agafar una altra ell. Havien regat l'hort del costat, així que la terra estava prou humida i no va ser difícil fer-ho.

—Au, ja està! —va dir Josep—. Ara tirem l'orada i els ous, ho enterrem i... a casa a dormir!

—No, Josep! L'hem de fer més gran!

—Per què? Si sobra lloc!

—Hem d'enterrar-la millor! Don Carlos no vol pistes.

—Pistes, pistes! Qui ho ha de saber, el que hi ha enterrat ací?

—Vol assegurar-se!

—I si vol estar-ne tan segur, per què no els fa ell, els clots?

—Va, Josep, creu i calla! Ah! I m'ha encarregat també que desenterrem els altres i ho arruixem tot de gasolina.

Josep va callar i va continuar cavant. Però Don Carlos encara li havia encarregat més coses a Fermí.

Una vegada van haver fet el forat prou gran, van desenterrar els altres cadàvers i l'altra orada. Després van traure, entre els dos, el peix que portaven a la furgoneta i el van tirar a sobre. Després Josep es va carregar al coll el sac amb els ous, que havien tret de la cova, per tirar-lo també al clot, i Fermí va aprofitar el moment per apuntar-li amb una pistola.

—Què fas, Fermí?

—Ho sent, Josep! És la teua vida o la meua. No tinc opció!

—T'has tornat boig?

—Potser sí! Però m'han manat que et tanque la boca.

—Però si jo no he de dir res!

—Em sap greu, però Don Carlos no se'n refia de tu. Ja vas explicar massa coses a aquella parella de joves i pots tornar-ho a fer.

—Aquells dos de les bicis? Però si estaven fent un treball de classe! I no els vaig dir res!

—No m'ho poses més difícil!

Es va sentir un tret. Des del Grau algú pensaria que estaven tirant coets a les alqueries. Era Pasqua i la gent estava de festa.

Josep va caure sobre el cos d'aquella orada que tant

li havia costat d'atrapar. Fermí va traure unes llaunes de gasolina i les va arruixar per sobre. Després, va botar-li foc.

Les flames van il·luminar aquell camp obert. Es va encendre un cigarret. Se'l va fumar mentre plorava. Va esperar, assegut a la furgoneta, que les flames es consumiren. Després va soterrar aquelles deixalles mig cremades i se'n va anar d'allí, per a sempre. A penes mitja hora de rellotge i tot havia desaparegut. Pensava en els cavalls, en les muntanyes, en la seua granja, però la imatge de Josep demanant-li que no apretara el gallet el perseguia per més que accelerara la furgoneta.

Estava a punt d'entrar al Grau quan dos cotxes patrulla de la policia es van creuar amb ell. Anaven a tota canya amb les sirenes posades.

—Què deu haver passat?

Però ell mateix es va contestar.

—Mira que puc arribar a ser hipòcrita!

És que no havien passat prou coses aquell dia? És que no li havien donat prou faena, a la policia? Ell ho sabia molt bé, què havia passat, però volia pensar que aquelles presses de la policia, aquelles sirenes i aquell enrenou, no tenien res a veure amb el seu afer.

Va arribar al restaurant i li va donar la novetat a Don Carlos. Molt sec. Tenia ganes de perdre de vista aquell bigotet, aquell posat de mafiós, aquella cuina, aquell restaurant, el Grau, tot.

—Ja?

—Fet!

—Molt bé, Fermí! Demà atraparem el rei i ens desfarem dels altres dos llobarros!

—Demà, demà!

Fermí va agafar una botella de conyac de la prestatgeria, la va destapar i se'n va mesurar a doll, fins a omplir un got. Se'l va beure i va tornar a omplir-se'l. Cremava, era d'aquell que gastaven només per als guisats. Sabia que l'alcohol li podia fer molt de mal, però ara tot li era igual. Encara va fer un altre glop abans de parlar-li a Don Carlos.

—Per a vosté la mort no té cap importància! Jo tinc la sensació d'haver-hi....

—Era necessari!

—Això és el més gros! Crec que no haguera fet falta. Josep no haguera parlat!

—No ho veus, que ara només en som dos a repartir?

Així que aqueix era el motiu! Ara començava a veure-ho clar. No hi hauria granja de cavalls a les muntanyes, ni res semblant. El més probable és que, una vegada atrapat el rei, Don Carlos mirara de fer-lo desaparéixer a ell també. Estava clar que no volia testimonis, ni tampoc ningú per a repartir. Hi hauria d'estar alerta. Es va emportar la botella a l'habitació. De moment, mentre aquell llobarro no estiguera en mans dels compradors, podia estar tranquil. Podia beure tranquil, ni que fóra a la salut de Josep. Finalment, es va adormir, amarat en llàgrimes i conyac.

12
La ràdio s'equivoca: tres cadàvers?

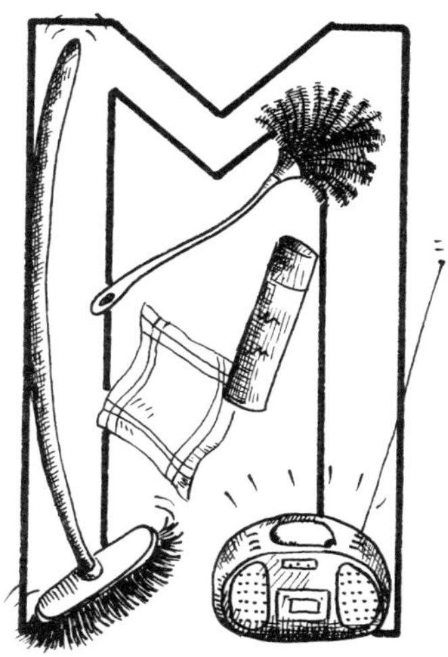

Marta s'havia alçat tard. Era Pasqua, i portaven dos dies de molts maldecaps. La nit anterior s'havia pres unes herbes que havia preparat Raquel per a tots quatre. Toni va tornar molt nerviós de la seua telefonada anònima a la policia. Deia que no serviria de res, que no li havien fet ni cas, que li havien demanat el DNI, i no sé quantes coses més. A tots els vindria bé un bon tranquil·litzant. I efectivament, la infusió d'arrels de valeriana va fer efecte; almenys ella havia dormit profundament i plàcida.

Ara arranjava la seua habitació. Li feia mandra, però es va posar l'equip a tota canya, com li agradava, i anava fent a la seua. Va haver de tancar la porta perquè sa mare no suportava la màquina, deia que no era música, que eren sorolls que només servien per a fer tremolar els nervis. Ella, però, segons en quins moments, la trobava imprescindible. A l'hora de la migdiada, a la nit... o com ara, per a endreçar l'habitació.

Sa mare estava traient la pols al menjador i

endreçant una mica la casa. Escoltava la ràdio. L'havia posat per veure si donaven algun comunicat sobre l'afer d'aquells cadàvers enterrats al camp obert. Si la policia havia fet cas de la trucada de Toni, a hores d'ara ja els devien haver descobert.

Però en tot el matí no en van dir absolutament res. Havien fet els butlletins d'informació local, cada hora, però res dels morts. Es va cansar d'aquella cadena on només donaven notícies i en va posar una altra.

Era la seua preferida, els caps de setmana feien un programa d'entrevistes, de música i d'altres coses entretingudes. Si volien dir alguna cosa sobre el cas, ja la dirien. No podia estar-ne tot el dia pendent.

Havien posat *La Tarara*, una cançó de Pasqua. El locutor havia promés que en acabar de sentir-la parlarien amb Vicent Muntanya, un conegut etnòleg que els parlaria dels costums i les tradicions d'aquell dia.

—Per exemple, sabien vostés que aquest dia s'encetaven els primers pernils de l'any per a l'esmorzar? Si no sabien què esmorzar, els acabem de donar una idea. Pa amb tomaca i pernil acabat de tallar. No, Vicent?

—Ja ho crec! Avui ha acabat la Quaresma!

Es va posar a ballar la cançó de *La Tarara* com quan era una xiqueta. Va pensar que si la veia la seua filla, la faria parar de seguida. Li feia molta vergonya veure sa mare fent la pallassa.

Però la cançó no va arribar ni a la segona estrofa. La veu d'una locutora la va interrompre quan La Tarara estava a punt de pintar-se els colorets amb gasolina, perquè era molt fina. Van tallar el programa:

—Bon dia! Interrompem el programa «Viure al dia»

per donar-los un butlletí de notícies d'última hora. La policia ens ha passat un comunicat en què informen de l'aparició...

—Martaaa! Marta! Baixa a escoltar això!

Marta, amb la màquina a tota canya, no la sentia.

—Marta! Vols fer el favor d'apagar aqueixa cosa?

—Què passa, mare?

—Corre, baixa! Crec que estan parlant dels morts!

Marta va baixar les escales de quatre en quatre, com acostumava a fer-ho, però aquesta vegada la seua mare no la va renyar.

—Què passa?

—Escolta!

La veu de la locutora havia explicat que la policia havia fet una troballa d'allò més macabra i seguia donant-ne detalls.

—Pel que es veu, els tres cadàvers...

—Tres! —va interrompre Marta—. Però si n'eren dos!

—Vols callar?

—...Van aparéixer mig soterrats i totalment socarrimats. Algú els havia calat foc per fer-los desaparéixer. De fet, si no haguera sigut per aquella trucada anònima que va rebre la policia, mai no els haurien trobat i, en uns mesos, l'herba haguera tornat a créixer esborrant-ne totes les proves...

—Així que li van fer cas a Toni!

—Mare! Ara ets tu qui no em deixa sentir!

—Val, callem!

— ...Juntament amb els cadàvers, que corresponen a tres homes sense identificar, s'han trobat restes totalment carbonitzades de peix. La policia sospita d'alguna xarxa organitzada relacionada amb el món de la pesca i la contractació il·legal d'immigrants. De moment estan investigant la trucada, que sembla que es va fer des d'una cabina telefònica del Grau mateix. Els en seguirem informant, així com vagen apareixent noves notícies sobre el tema.

Immediatament després del butlletí, el conductor del programa, el famós locutor Borja Roses, va mirar de buscar una solució de continuïtat, entre el butlletí que acabaven de donar i el seu programa, però no va estar gens encertat, més bé va estar macabre, sense desitjar-ho.

—Sí que és mala sort que la policia haja fet una troballa així, justament en un dia com aquest. Peixos i persones enterrats i cremats junts... L'enterrament de la sardina és abans de la quaresma i no després...

—No cregues, Borja! A Múrcia ho celebren després de la Setmana Santa!

L'interlocutor, que havia portat per parlar-ne de les tradicions, li havia seguit el fil, i va ser aleshores quan va reaccionar i va pensar que no havia estat un comentari afortunat, així que va deixar estar el butlletí i va seguir amb el seu programa.

—En fi, la vida continua i la Pasqua també, així que...

Així que va començar a fer-li preguntes a l'especialista sobre les tradicions del dia de Pasqua com si res.

Raquel va apagar l'aparell de ràdio i va trucar a Toni.

—Toni?

—Sí?

—Hola, sóc Raquel! Estava escoltant la ràdio i...

—No em digues res! Crec que no és bo que parlem per telèfon! Ho he sentit! Jo també tenia la ràdio posada tot el matí!

—I... què?

—Ara anem cap a allí! Espereu-vos!

—D'acord!

Va penjar el telèfon. A Marta li va faltar temps per preguntar-li.

—Què?

—Diu que ara vénen.

—Qui penses que pot ser el tercer cadàver? Quan els vam trobar només n'eren dos i no estaven socarrats, t'ho assegure. Al menys hi havia dues bosses.

—Està clar que anit van tornar i van aprofitar per desfer-se d'algú altre que podia parlar.

—Ostres! Josep! Segur que és Josep! Li la tenia jurada, aqueix Don Carlos.

En aquell moment van trucar a la porta i van anar corrents a obrir. Eren Xavi i Toni, però els acompanyava també Encarna, la del Club Nàutic. En veure-la, les dues xiques es van quedar parades i van començar a fer carasses. Toni les va comprendre i es va justificar de seguida.

—Tranquil·les, ho sap tot! Li ho he contat! Crec que ens pot ajudar.

No podien dir res a la policia, no tenien proves, i Toni, en fer aquella telefonada, s'havia convertit en el principal sospitós. La tenien clara.

—Si haguérem pogut enregistrar alguna cosa de tot el que hem vist i sentit... —va dir Xavi, que pensava en veu alta—. Ni que fóra amb un cinta de casset.

—Això és! —va saltar Marta—. Ho enregistrarem!

—Com?

—Si van col·locar aquell aparell, el localitzador, o com es diga, a la cova del Mascarat, segur que hi tornaran. Hauríem d'anar-hi amb una càmera de vídeo i enregistrar-ho tot. Segur que aconseguim alguna prova que inculpe Don Carlos i Fermí!

—Però ens caldria una càmera submarina...

—L'àvia Conxa en té una. La va comparar l'any passat per a les vacances d'estiu. Li trucaré!

Marta va anar corrents a pel telèfon i va marcar el número de Conxa.

—Àvia?

—Hola, Marta!

—Escolta'm! Encara tens aquella càmera submarina que et vas comprar l'estiu passat?

—Clar que la tinc! Per què?

—Porta-la ara mateix! Ens veurem a la porta del Club Nàutic!

—Però... que passa res?

—Tu porta-la i prou! I no t'entretingues!

—Escolta...

—Xa! Àvia, creu!

—Val, val, d'acord!

—Ah! Porta les mones també! Necessitem queviures ràpids, ens n'anem d'excursió!

—Que bé! Aleshores prepararé unes truites i uns entrepans de...

—Nooo! Porta les mones i la càmera i acudeix ràpid. És molt urgent!

Conxa es va quedar un poc preocupada per les paraules de la seua néta, però li va fer cas i va ser puntual. Allí estava, la primera de tots, carregada amb la càmera i les mones. I va veure arribar tots els altres junts.

—Jo em quedaré a terra! —va dir Encarna—. Aniré a la ràdio del Club i estaré escoltant. Quan tingueu alguna prova m'ho dieu i avisaré immediatament la policia.

—Molt bona idea! Ens convindrà tenir les espatlles cobertes. Veus com sabia que ens series de gran ajuda?

—Au! En marxa!

Xavi va ajudar Conxa a pujar a la barca Fortuna i li va agafar el paquet amb les mones, mentre feia broma.

—Quina manera més original de menjar-se la mona de Pasqua!

—Algú em pot explicar què passa? On anem? Què estic fent jo ací?

Conxa estava completament fora de joc. I l'excitació que es respirava a l'ambient del grup l'angoixava. Marta va mirar de posar la seua àvia al corrent de la situació.

—... I, pam dalt, pam baix, això és tot!

—Esteu ficats en un cas d'assassinats? Més val que ho deixem!

—No podem deixar-ho, àvia! Hi ha massa en joc! La salut de moltíssima gent, la continuïtat de la pesquera...

—Si és així, no m'estranya que no pescàrem res des de fa dies! Amb aqueixos depredadors pels voltants, els peixos han d'estar tots ben amagats!

Aproximadament a les onze del matí, el Fortuna salpava del port de Castellbó.

—Fortuna a Club Nàutic. Fortuna a Club Nàutic. Hola, Encarna, em reps? Canvi.

—Ací Club. Perfectament. Canvi.

—Mantindrem ràdio oberta. Canvi.

—D'acord. Estaré alerta. Canvi i fora.

Van dinar les mones de camí. Marta va oblidar completament que es marejava. Encara no havien acabat de dinar, ja van albirar la silueta del far de l'illa Grossa. El trajecte se'ls va fer més curt del que esperaven. De lluny ja van veure la barca de Josep fondejada al lloc de sempre, amb l'ombra del Mascarat darrere.

13
Després d'açò, ja no em marege!

'hi van acostar lentament, amb el motor ronser, per si de cas. La barca semblava deserta, però calia no refiar-se'n. Quan van estar prou a prop, van observar que havien tirat l'àncora; possiblement tots els tripulants estigueren submergits. Marta i Xavi van saltar a bord. Conxa no va voler ser menys i també hi va pujar. Raquel la va renyar.

—Però, mare, on vas?

—Deixa'm, filla! Jo he d'estar amb els joves!

Ara també estava implicada en l'afer i no volia que li ho contaren. Ho volia viure amb intensitat i enregistrar-ho.

No van trobar res d'estrany. Un paquet de purets, d'aquells que gastava sempre Josep. Dues bombones d'oxigen plenes i un vestit de bus fet amb cota de malla metàl·lica.

—És per als taurons! —va dir Xavi.

—Quins taurons? —va dir Conxa.

—Ho he vist a la tele. Aquests vestits els gasten per a cabussar-se entre els taurons.

—Doncs, o hi ha taurons a les Columbretes, o els nostres amics tenen por als llobarros.

—Sí! I tenien vestits de sobres, o algú no se l'ha posat.

—Carai, com pesa. No m'estranya! Jo tampoc no me'l posaria. Amb això és molt difícil nadar —va dir Conxa mentre sospesava el vestit.

Ara van veure pujar, molt lentament, una ombra cap a la superfície.

—Ei! Algú puja!

Els va faltar temps per saltar al Fortuna i separar-se discretament de la barqueta de Josep. Potser era ell qui pujava. Potser no estiguera mort, tal com havia pensat Marta.

Quan van estar a uns deu metres a l'estribord de la barca de Josep, van traure les canyes. Volien dissimular i fer veure que, simplement, estaven pescant. Conxa es va posar a filmar aquell bus que, molt lentament, s'acostava a la barqueta.

Amb la càmera (tenia el zoom al màxim) va veure com el bus, amb un vestit de neopré negre, alçava el braç per pujar a bord, però no podia. Ho va intentar unes quantes vegades fins que va desistir. Va ser aleshores quan va notar que, pels voltants del vestit negre, s'anava fent visible una taca de color roig.

—Sang!

—Què?

—Aquell home està ferit! No pot pujar a bord!

—Hauríem d'anar a ajudar-lo!

—D'acord! Ens hi acostarem! Conxa, no pares de filmar en cap moment!

Tal com s'hi anaven acostant, van notar com la taca de sang al voltant de l'home s'anava fent més gran. Aquest surava de panxa per avall amb les mans estirades. Semblava que s'havia desmaiat. Haurien d'actuar amb celeritat o podia morir ofegat.

Mentre s'acostaven, Toni va mirar de donar-li la volta amb la gafa. No reaccionava, i resultava molt difícil. Finalment, ho va aconseguir. Era Fermí, el biòleg, a qui havien posat el malnom de Mexicà. Efectivament, s'havia desmaiat en l'últim esforç per pujar a la barca. Tenia el vestit de neopré estripat a un costat i una ferida que no parava de sagnar. Entre tots, el van pujar a bord. Continuava inconscient, i els va semblar que no respirava, així que li van llevar l'escafandre i es van posar a actuar amb prestesa.

Toni li va col·locar una camisa vella baix del coll i li va elevar el mentó, per facilitar l'entrada d'aire als pulmons. Continuava sense respirar. Alhora li van comprovar el pols; era molt dèbil, però el cor encara bategava. Caldria fer-li una ventilació artificial. Toni li va ficar els dits a la boca per assegurar-se que no hi tenia cap cos estrany i després, mentre li tapava el nas, va bufar-li a la boca, mentre notava com se li inflaven els pulmons. Va repetir aquesta operació fins que va notar com reaccionava el ferit, el qual va tossir dues vegades i va vomitar uns glops d'aigua. Toni li va ficar el cap de costat, per si tenia més vòmits. Raquel va buscar unes benes a la farmaciola, per tapar-li la ferida i evitar que perdera més sang. Marta va voler cridar per ràdio Encarna, però Toni la va fer esperar per veure la gravetat de la situació.

En realitat, la ferida a l'aigua havia estat molt escandalosa, però ara, després d'avaluar-la pel damunt, van veure que era superficial i que potser no havia perdut molta sang. Com a molt tindria un parell de costelles trencades i alguna cosa més. Prou per a passar-se un parell de setmanes a l'hospital.

Una vegada va recuperar el sentit, amb un fil de veu, va preguntar per Don Carlos.

—Només t'hem vist a tu!

—Aleshores —parlava amb molta dificultat, li xiulava la veu—, el rei encara està viu! Deixeu-me!

Va mirar d'alçar-se, però les forces no el van acompanyar, tal vegada tenia ferides internes més greus de les que se li apreciaven a simple vista.

—Senyor Fermí, serà millor que ens explique tota la veritat si vol que l'ajudem.

—Heu de baixar algú! Poseu-vos la malla de protecció. Jo no m'he l'he volguda posar i...

—No baixarem fins que no ens digues tot el que saps.

—Parlaré! Però baixeu! El rei està malferit i s'ha tornat molt perillós. Agafeu el fusell submarí, l'heu de rematar!

Toni va començar a despullar-se amb la idea de baixar. Sempre portava a bord un vestit de neopré i unes aletes, així que s'ho va posar. Volia tirar-se a l'aigua, però el seu fill el va aturar.

—Més val que li faces cas!

—De què?

—A la barca de Josep tenen un vestit fet amb malla metàl·lica. Posa-te'l! També hi trobaràs bombones d'oxigen.

—Vaig!

Van acostar les dues embarcacions i Toni es va preparar. Mentre, amb unes tisores, Raquel li anava tallant el vestit a Fermí; havien de veure si hi havia altres ferides. Conxa no perdia detall amb la càmera. El biòleg tenia un morat molt gran a la banda esquerra del pit. Aqueixa podia ser la causa per la qual parlava amb tanta dificultat. Allí podia haver-hi fractures internes de gravetat.

Marta va començar a interrogar el Mexicà.

—Au! Ja ho has vist, que hi baixarem! Ara explica'ns tota la història.

El biòleg va començar a parlar. Tot el que els joves ja sabien i algunes coses més. Efectivament, estaven duent a terme una investigació de manipulació genètica amb aquells animals. Havien experimentat amb orades i llobarros, perquè eren animals que s'adapten molt bé a la captivitat. Volien aconseguir animals de creixement molt ràpid, perquè hi havia qui estava disposat a pagar-ne molts milions. I ho havien aconseguit. L'inconvenient és que no podien frenar-ne el creixement i que els animals resultaven més grans i violents del que podien controlar.

Quan els van fugir, a principis de setmana, tots van voler retirar-se del projecte i explicar-ho a la policia. Tots, tret de Don Carlos, que va voler seguir avant, atrapar els animals i vendre la femella de llobarro. El que havien anomenat el rei.

—De manera que el rei és femella! Així que l'ou...!

—Sí! Estava ovada!

—I, pel que es veu, va pondre a la cova.

—L'haurem d'anomenar la reina!

—Quan va veure que no podia controlar el personal... Coff, coff!

Fermí continuava el seu relat amb dificultat, tossia cada vegada més i havia de fer més pauses de les que els joves desitjaven.

—... Don Carlos va començar a matar gent. Primer els dos xicots del restaurant, l'Abdul i el Mahmud.

—Veieu com jo tenia raó? —va dir Marta.

—Després em va amenaçar a mi i em va obligar a carregar-me Josep.

—El tercer cadàver!

—Sí! Pobre Josep! —sospirava profundament—. No ho volia fer! De veritat! M'heu de creure! No m'ho puc traure del cap! Jo mai no havia matat ningú!

—Però ho vas fer!

—No vaig tindre opció! Era ell o jo!

—I el vas enterrar amb els altres!

—Pensava que havia esborrat totes les proves, però aquest matí ho hem sentit a la ràdio i Don Carlos m'ha amenaçat una altra vegada. O completàvem l'operació, o jo seria el proper.

Fermí els va seguir explicant la idea d'atrapar la femella de llobarro a la cova i esperar un vaixell amb una cisterna, que havien de portar els compradors, per transportar-la.

—On? Qui són aqueixos compradors?

—Només ho sap Don Carlos! Això sempre ho ha mantingut en secret.

—Ha vingut ja, el vaixell? Està al port?

—No ho sé! De veritat! Jo només vull que acabe

això! Ja han mort tres innocents! Aquest matí hem trobat el rei dintre del parany que li havíem parat a la cova. Hi havien entrat els tres llobarros, però el rei havia donat mort als altres dos i s'havia començat a menjar els cadàvers.

—Es menja els de la seua espècie?

—És un vertader monstre. La primera cosa que he pensat, en tornar-lo a veure, és matar-lo, així que li he disparat el meu fusell.

—I no l'has mort!

—No! No ha servit de res! Don Carlos m'ha amenaçat apuntant-me amb el seu, ens hem barallat i jo li he furtat el fusell. Anava a disparar-li quan he sentit un cop molt fort al costat. El rei m'havia atacat a mi.

—I t'ha fet una bona ferida!

—Sí! Em fa mal tot!

Fermí seguia tossint, i fent molt d'esforç per a parlar.

—Li he disparat l'altre tret, amb el fusell de Don Carlos. Aleshores m'ha pegat un cop molt fort al pit. He mirat d'eixir de la cova com he pogut i l'únic que recorde és que no he pogut... pujar a la...

No va poder acabar les últimes frases. Van observar com un rajolí de sang li regalimava per la comissura de la boca. Ja no la va poder tornar a obrir.

—Com a mínim s'ha pogut confessar! Es nota que la mort de Josep li pesava més que les ferides del llobarro.

Li van traure la camisa que li havien posat baix del cap i el van estirar a terra. Raquel li va tancar les parpelles i li va cobrir la cara.

Toni ja s'havia col·locat el vestit metàl·lic de protecció i ara Xavi l'ajudava a carregar-se la bombona. Conxa li va preguntar si volia la càmera, però aquest va ensenyar-li el fusell. Segurament on anava li faria més profit. Totes dues coses no les podia fer servir davall de l'aigua.

—De tota manera, amb les declaracions de Fermí tenim més que suficient.

—Pare, vés amb compte!

—Tranquil, Xavi! Em sé cuidar.

Però no estava ningú tranquil. Després del relat que havia fet el biòleg, davall l'aigua podia passar qualsevol cosa.

Va baixar seguint la cadena de l'àncora fins a l'entrada de la cova. Havien deixat caure una xarxa molt grossa que la tapava completament, possiblement per evitar que els llobarros fugiren, una vegada havien caigut al parany. Va trobar un forat a la xarxa. Segurament Fermí l'hauria obert per poder fugir. Va mirar d'entrar-hi per allí. Hi havia espines i trossos de peix per tot arreu. Aquells bocins en suspensió l'entorpien en el busseig i enfosquien més encara la penombra d'aquella cova submarina. Li va costar d'acostumar-se a aquella foscor i en la brutedat de l'aigua, però, de seguida, va veure, en un racó, un llobarro mort que faria ben bé set metres de llarg. Era el rei! No, la reina! No va tenir-ne cap dubte.

Tenia un arpó clavat al ventre i un altre li sobreeixia del cap. Va nadar cap a ell per veure'l de prop. Tenia por que, des de qualsevol ombra, se li tirara al damunt Don Carlos, així que portava el fusell preparat, esperant per disparar, si es feia necessari. Va nadar, donant la volta a l'animal per veure-li el llom. No li va estranyar gens que un animal com aquell haguera pogut escanyar Fermí. Per sort, ja no mataria ningú més. D'haver agafat la càmera, ara ho enregistraria, a Conxa l'entusiasmaria veure un exemplar com aquell. Però aquell trofeu ja no el pescaria mai ningú. Ara era ben mort, aquell rei.

De sobte, algú li va entrar pel darrere i li va furtar el fusell. Era Don Carlos. L'havia vist entrar a la cova i l'havia esperat darrere d'una roca per atacar-lo per sorpresa.

Desarmat, Toni es va posar a nadar a corre-cuita per posar-se a cobert, ja que allí era un blanc ben fàcil. Es va amagar darrere del llobarro al temps que l'altre disparava el fusell. Aquell peix gegantí va ser el millor dels escuts. Don Carlos va mirar d'arrancar l'arpó que li havia clavat al llobarro. Li calia tornar a carregar el fusell de pressa, però mentre ho feia, Toni se li va tirar al damunt. Don Carlos li va tirar arpada a l'escafandre i el va deixar sense ulleres. Mentre Toni intentava, mecànicament, tornar-se-les a posar, Don Carlos va aprofitar per pegar-li un cop a l'estómac amb la culata del fusell, que el va deixar mig estamordit.

Com que Don Carlos el va veure prou desvalgut, va aprofitar per tirar-se-li al damunt i agafar-lo pel coll. Aquella «abraçada» podia ser mortal per a Toni, però encara li van quedar forces per pegar-li una estirada al tub de respiració de Don Carlos i traure-li'l de la boca.

Toni estava sense l'escafandre i l'aigua salada li cremava els ulls, però ara, l'altre, sense el tub de respiració estava totalment impossibilitat, així que Toni va aprofitar per arrancar-lo de l'eixida de la bombona, també.

L'estratègia va fer efecte, el va deixar lliure, ja que a Don Carlos li havia entrat el pànic en veure que no podia respirar.

Va mirar de col·locar el tub al seu lloc, però no va poder. Com més nerviós es posava, més difícil se li feia encertar el tub en aquell forat que no parava de malgastar bombolles d'oxigen, aquell oxigen que tanta falta li feia. Era inútil, no podia! Ja notava que li faltava l'aire, s'ofegava, així que va tirar a fugir d'aquella cova i buscar la superfície.

Mentre, Toni, un poc refet del fort colp que havia rebut, s' havia posat l'escafandre i li havia tret l'aigua de dintre, bufant aire amb el nas. Per fi tornava a veure amb claredat! Don Carlos intentava fugir d'aquella cova a pulmó. Li va anar al darrere per mirar d'empaitar-lo. Dissortadament, es va enganxar a la xarxa de l'eixida de la cova i Don Carlos es va esmunyir de les seues mans i va nadar cap a l'exterior.

Ni Conxa, que mirava les illes i pensava com li agradaria haver-se portat la canya, ni Raquel, que estava ocupada tapant el cos de Fermí amb una manta, ni els dos joves, que miraven al fons per l'altra banda de l'embarcació, es van adonar que Don Carlos pujava d'amagat a la barca de Josep, per l'altra banda. Només en van ser conscients quan aquest va engegar el motor.

La primera intenció de Xavi va ser posar en marxa el Fortuna i empaitar-lo, però el seu pare continuava submergit, així que no ho va fer. Ben al contrari, es va cabussar, i ho va fer a pulmó, sense haver-se posat les bombones d'oxigen, ja que estava molt preocupat pel que li havia pogut passar al seu pare. Això sí, va agafar un d'aquells ganivets que es lligaven a la cama, era l'única arma que tenia a mà.

Mentre nadava, aguantant la respiració, anava pensant en quina cosa li havia succeït a Toni. L'hauria atacat el llobarro gegant? Estaria ferit? O potser... alguna cosa pitjor! No, això millor ni pensar-ho.

S'estava quedant sense aire als pulmons quan el va veure. Era viu! Estava mirant de soltar-se de les xarxes de l'entrada de la cova. Amb el ganivet (havia fet bé d'agafar-lo) les va estripar i va deslliurar el seu pare. Ara tots dos van eixir a la superfície compartint la bombona d'oxigen de Toni.

—Ja era hora!

—Ens teníeu ben preocupades! —va dir Conxa.

—On és Don Carlos? —va demanar Toni.

—Mira, encara s'endevina l'estela de la seua embarcació. Està navegant rumb a l'illa del Bergantí.

—Au! Engega el motor! Anem a per ell!

La veritat és que l'embarcació de Toni era molt més ràpida i marinera que no la barca de Josep, amb la qual havia fugit Don Carlos. De manera que en un tres i no res van estar a la seua altura. Conxa va agafar el timó, i la resta van saltar a l'embarcació de Don Carlos. Ell va soltar el timó i va prendre una gafa per defensar-se, però la barca va trontollar i això el va fer caure a terra. Els nostres amics van aprofitar aqueix moment per tirar-seli els quatre a sobre i reduir-lo. El van lligar de peus i mans mentre Xavi es feia càrrec del timó.

—La portes clara, senyor Don Carlos! Amb les proves que tenim i les declaracions de Fermí abans de morir, tens per a uns quants anys de presó.

—No podeu demostrar res!

—Que t'ho has cregut! —va cridar Conxa des de l'altra embarcació, mentre li ensenyava la càmera—. Ho he enregistrat tot.

—Vull un advocat! Aquesta detenció és il·legal.

—Perdone, senyor —va saltar Marta—, però no està vosté detingut. Si vol, pot tirar-se al mar i arribar nedant a la costa!

Van riure tots. Estaven molt satisfets i orgullosos de la faena que havien fet.

—Tinc dret a un advocat! —repetia Don Carlos amb ràbia.

Marta va saltar a l'altra barca i va agafar el micròfon de la ràdio.

—Tranquil, que ara t'avisaré l'advocat! Club Nàutic, Club Nàutic! Ací Fortuna! Canvi.

—Hola, Fortuna! Què passa, Marta? Canvi.

—Ja pots avisar la policia! Canvi.

—Esteu bé? Canvi.

—Perfectament! I tenim proves! Canvi.

—Els avise ara mateix! Canvi.

—D'acord! Canvi.

—I el teu mareig, Marta? Canvi.

—Saps, Encarna? Després d'açò, jo ja no em marejaré! Canvi i fora.

14
Epíleg: Somnis o mentides?

Havia canviat l'oratge. Marta anava amb la bicicleta cap al quiosc i es va adonar que feia fred. Només s'havia posat una samarreta de mànega curta i uns pantalons de xandall. Era Dilluns de Pasqua i ningú no tenia pressa, però ella s'havia vestit amb celeritat per eixir al carrer, i això que havia descansat poques hores.

La nit anterior se n'havien anat a dormir tard. Havien estat fins a les vuit de la vesprada a la comissaria prestant declaració. Els havien fet passar l'un darrere de l'altre per comparar allò que deien. Els havien pres la cinta de vídeo i els havien acompanyat a casa a per aquell llobarro que havien portat de les illes. Els havien fet fotos a l'embarcació, al port i a la comissaria. Els havien dit que eren per a la premsa.

Finalment, després d'unes hores inacabables, els havien deixat anar.

Una ambulància s'havia emportat el cos de Fermí. A Marta, li va causar impressió que posaren la sirena. Aquell mort no tenia cap pressa per arribar enlloc.

Havia estat un dia molt mogut. En eixir de la comissaria havien anat a... celebrar-ho? a un restaurant xinés. Raquel no suportava aquells regustos agredolços, ni la pudor dels refregits que se li quedava després a la roba, però va guanyar la majoria. Total, que havien arribat tard al llit.

* * *

De tota manera, va descansar, encara que poc. Entre malsons. Als seus somnis, se li apareixien Josep i Fermí, i aquells ajudants de cuina que no havia conegut, però que ara se li feien presents. Marta mai havia vist tan de prop la mort, i esperava no tornar-la a veure mai més.

S'havia programat l'aparell de música perquè la despertara a les nou del matí. Bob Dylan no li va fallar. Puntual, a l'hora prevista, va fer sonar la seua guitarra. Volia ser la primera en comprar els diaris. Tenia molta curiositat per veure's fotografiada a la premsa com a heroïna de la setmana.

No va ser la primera: ja hi havia gent esperant. Però encara no havien portat la premsa local. Dilluns era festiu i la cosa anava un poc lenta. Encara hagué d'esperar una mica que arribara la furgoneta del repartiment.

Mentre esperava, li pegava voltes a la barbaritat que havia fet. Havia posat en perill la seua vida, la del seu cosí i la de tota la família. Aquella no havia estat una aventura normal i corrent. Ara era conscient que haguera estat millor avisar la policia des d'un principi i deixar-se de jocs de detectius privats. S'havien arriscat innecessàriament. Per fortuna, tot havia acabat bé. Ara eixirien a la premsa, en farien retalls dels diaris, els guardarien als àlbums i ho recordarien com una experiència per a no repetir mai més.

N'hi havia tres, de diaris locals, i els va comprar tots tres. Els va carregar a la cistella de la seua bici i va fer l'esforç de no fullejar-ne cap fins que no arribara a casa. Fer durar una miqueta més l'espera li produiria més plaer encara. Per fi, tot s'havia acabat.

Sa mare havia parat taula per a desdejunar. Hi havia sis coberts.

—Com és això, tantes tasses?

—Desdejunarem els sis junts. O és que volies assabentar-te'n tu sola? Quan has eixit per la premsa, he convidat a desdejunar l'àvia, ton tio i el teu cosí, i també Encarna. A veure si es fan nuvis d'una vegada.

—Ja has telefonat el pare per contar-li-ho tot?

—Crec que més valdrà que Marc se n'assabente quan torne dels Estats Units. Ara li donaríem un bon ensurt i ja no és necessari. Li guardarem els retalls de premsa.

En això van trucar a la porta.

—Jo obriré! —va dir Raquel—. Per cert, què diuen de nosaltres?

Li va assenyalar la premsa que havia descarregat feia un moment de la bicicleta i que havia deixat en un racó de la taula.

—No ho sé! Encara no els he obert!

Mentre, entraven per la porta els tres que esperaven.

—Hola, Toni! —dos besos—. Hola, Xavi! —dos besos—. Hola, Encarna! —dos besos.

—Hola, Xavi! —dos besos—. Hola, Toni! —dos besos—. Hola, Encarna! —dos besos.

—Hola, hola, hola!

—Hola, hola, hola!

—Home, la premsa! A veure?

—Quiet, Xavi! Que encara no l'hem llegida ningú!

—A veure si ve alguna cosa —va dir Encarna—. A la ràdio no n'han dit res de res. Avui encara no han donat notícies locals.

—És dilluns de Pasqua! Només estan per la festa!

Van tornar a trucar, i aquesta vegada va voler obrir Marta. Estava segura que era la seua àvia.

—Hola, bonica! Avui desdejunem juntes. Mira què t'he portat.

Conxa venia carregada amb un parell de mones que havien sobrat de «l'excursió» del dia anterior.

—Saps, àvia? Les mones d'enguany les recordaré tota la vida!

—Ens han eixit bones, eh? —li va dir mentre li feia l'ullet de complicitat.

Mentre se servien la llet, llescaven les mones i anaven untant torrades, Marta feia de lectora. Va agafar el primer diari.

—A la portada, res! —anava passant les pàgines—. Res... res... tampoc... Ah, mira! Açò podria ser:

«Desarticulada una xarxa d'immigració il·legal.

Ahir de vesprada la policia va desarticular una xarxa que es dedicava a introduir immigrants clandestins a través del port de Castellbó. En l'operació, que la policia va culminar ahir, després de mesos d'investigació...»

—Tindran morro? Mesos d'investigació!?

—Vols seguir llegint? Per favor!

« ...mesos d'investigació, va ser detingut també el famós cuiner internacional Don Carlos, que regentava el restaurant del mateix nom del Grau de Castellbó».

—I què més?

—Res més. És una noticia breu. Ve en un raconet. A veure si més endavant...

Marta va seguir fullejant el periòdic per veure si parlava d'ells, dels peixos gegants, dels assassinats, de Fermí... però no hi va trobar res.

Els altres li van furtar la resta dels periòdics. Un no portava cap notícia i l'altre portava una xicoteta ressenya molt similar a l'anterior. Era com si tot el que els havia passat aquells dies no haguera succeït mai. Si la premsa no ho reflectia, era evident que la policia havia amagat els fets.

—Anem a la premsa! —va dir Xavi tot enfadat—. La gent ha de saber la veritat!

—Quina veritat? La veritat és el que hem llegit als periòdics!

—Va, Marta, no em vacil·les. Hem d'explicar-ho!

—A qui? La premsa ja té la seua versió oficial!

—Però, si parlem...!

—Qui et creurà? Tens alguna prova?

—Hum! No!

—Clar! Per això ens van furtar la cinta de la càmera!

—I el llobarro!

—Això mateix! Totes les proves són a les seues mans!

—Però encara podem anar a la cova i traure fotos de les xarxes i del rei.

—La reina, voldràs dir! I segur que hi anem i no trobem cap xarxa ni cap reina!

—És a dir, que no tenim res!

—Tu ho has dit, no tenim res i ací no ha passat res!

—Tot ha estat un somni! —va afegir Toni—. O... un malson!

—Sabeu? —va dir Encarna—. Crec que és millor així. No ho haguera portat gens bé, això de ser famosa, les fotos, els reportatges a la premsa, els programes de televisió...

Van riure, i després van seguir desdejunant en silenci. La veritat és que s'havien quedat un poc decebuts.

Pocs dies després van donar la notícia: la Conselleria d'Agricultura i Pesca es feia càrrec de l'àrea de piscicultura de Vilandra. Pel que es veu, els amos havien tret a subhasta l'empresa i la Generalitat se l'havia quedada per a fer investigacions sobre biologia marina.

El restaurant Don Carlos va canviar d'amos i de nom; ara s'anomenava El Bacalao Feliz i es dedicava a la cuina tradicional basca.

A poc a poc, els peixos havien tornat al port.

La societat de pescadors La Recreativa havia tornat a organitzar concursos. Ara, però, conscients de l'escassesa d'animals, pescaven sense mort; és a dir, que els pescadors estaven obligats, una vegada pesada la peça, a tornar-la a l'aigua. Ells i elles també volien contribuir a la regeneració dels fons marins.

Naturalment, Conxa tornava a ser la campiona. Una altra vegada.

Tot anava com abans.

Pràcticament no quedava cap rastre de la seua aventura.

Només a Marta li havia quedat un record permanent de tot allò.

Ella, ara...

Ja no es marejava!

Ni que fóra amb mar de fons!!!

Índex